川端裕人

リョウ&ナオ

光村図書

もくじ

装幀／城所 潤
装画／クサナギシンペイ

リョウ&ナオ

雪の日、ロボットマーチ

とうさんの携帯電話が鳴ったのは、夜の九時過ぎ。

わざわざ廊下に出てから取ったとうさんは、しばらくして戻ると「そろそろ寝なさい」とリョウに言った。

試験前夜だから、過去問をざーっと見てからということになっていたはずが、半分も済んでいない。

「ここまで来たら、ちゃんと眠って、すっきりした頭でのぞもう。きみなら、きっと大丈夫」

とうさんが急に優しくなって、リョウは首をひねった。

さっきまで、

「あしたで人生の大事なとこが決まってしまうかもしれないんだから。目標を達成するまであと一息！　試験を乗り切れば、そのあと大学まで楽になる」

なんて言っていたくせに。

ベッドに入ると、聞こえてきたのは、かあさんの低く押し殺した声。しゃっくりみたいに声がひっくりかえるのは……泣いているんだ。

え、どうしたの？　と思う。リョウの受験はたしかに、五分五分で、受かるとは保証できないけれど、そんなに悲観しなくても……。

「ねえ、そんなのって……どうして、ナオちゃんが……まだ十二歳なのに……」

リョウはどくんと心臓が跳ねた。かあさんの声はよく響くから、はっきりと最後までとびこんできた。心配されているのがリョウではない、とよく分かった。

しばらくして、玄関の扉が開き、しまる音。自動車のエンジンがかかる音が続いた。

ベッドから抜け出してカーテンを開くと、外は雪になっていた。車のテールランプが、雪の向こうににじんで小さくなった。

リョウは机の上で充電中の携帯電話を手に取った。

ナオからの最後のメールは、保存してある。〈試験がんばれよ〉と短いメッセージだ。

〈うちの父親、残念がってるけど、オレは行きたいとこ別だからさ。高校受験の方がいい

んだ。ピース、仕上げられるか。無理するなよ〉

新着メールの確認操作をしてみるけれど、そんなのが入っているはずもない。ナオが帰らないかもしれないことは、しばらく前からなんとなく分かっていた。

リョウは、机の下のスペースに顔を向けた。携帯電話のバックライトで照らすと、大きな目玉のような超音波センサーを顔の位置に取り付けた学習用ロボットの上半身が見えた。ロボットのピースはナオのものだけれど、ずっとリョウが預かっている。

手を伸ばして、ボディをつかむ。ひんやりしたプラスチックの感触。

ナオと考えていた計画は、バカみたいなもので……。

スイッチを入れプログラムを走らせると、ナオの声が流れ出した。

〈セカイにヘイワを、テロハンタイ、メグマレナイコドモにアイノテを!〉

ふざけて吹き込んだデータがそのまま残っている。背景には、ナオが即興で弾いたロボットマーチ。ぎくしゃくした、おかしなかんじの行進曲だ。

階段の方から、足音が聞こえた。リョウはピースの電源を切って、ベッドに飛び込んだ。携帯電話を握りしめたまま、なかなか眠たくならなかった。

ナオは、同い年のいとこだ。

小学校は違うけれど、家は自転車で十分くらいのところにある。だから、きょうだいみたいに大きくなった。

生まれたのはリョウが二ヵ月早かった。でも、覚えている限りの昔からナオの方がずっと背が高かった。もっとも、体つきはひょろりとしていて、体重はリョウとほとんど変わらない。男か女か分からないって言われるのをまるで気にせずに、荒っぽい口調で話した。ナオには、心臓にセンテンセイシッカンがあった。生まれつき心臓のはたらきがよくないので、あまり激しい運動はできなかった。なのに、いつも目を子犬みたいにきらきらさせて、跳びはねながら歩いた。うれしい時や気合いを入れる時には、左の胸の前でこぶしを握る癖があった。ピアノを上手に弾いたし、勉強はものすごくできた。

それでも、中学受験をしなかったのは、六年生の間に手術をする予定だったからだ。ナオのとうさんとかあさんが残念がっていたのを、リョウは知っている。

「リョウには、先に行ってもらおう。ナオは高校入試で行かせるから」

「きっと大丈夫。ナオなら、高校からでも入れるよ」

そんな親同士の会話をリョウは覚えている。

リョウのとうさんと、ナオのとうさん、かあさんは、同じ大学の出身だ。さらに言うと、リョウのかあさんは、ナオのかあさんの妹で、交流のある大学のテニスサークルに入っていた。だからというかなんというか、リョウもナオも、同じ大学に行くのが当たり前、というふうになっていた。

「そんなんどうでもいいや」と言うのがナオの口ぐせで、親たちが大学の話をするたびにこっちを向いて、ニヤリと笑っていたっけ。「オレたち、親のロボットじゃないっつーの」と。

そう、ロボットといえば、ピースのこと。

去年、リョウとナオのブームは、今は机の下にあるロボットだった。あいつがやってきたのは、五年生の時のクリスマス。ナオの家では、まだサンタが来ることになっていて、朝、目が覚めたら、あいつがいた。

アメリカの有名な工科大学が開発したそうで、携帯電話をひとまわり大きくしたような小型のコンピュータをボディにして、様々なパーツを組み合わせてロボットを作ることができる。サーボモーターが三つ、タイヤが四つ、様々なギアやプーリー、顔に似た超音波センサー、ボタンにもなるタッチセンサー、光を感じる光センサー、音の大きさと高さを感じるサウンドセンサー、そして、音楽や声を録音できるボイスレコーダーがついていた。

「おやじ、工学部だからさ、オレもこういうの好きだと思ってんの。おふくろはもっと無難にらしいものにしたかったみたい。実際どっちかっていうと、リョウのがこういうの得意じゃやない？　おやじの期待にちょっとは応えておきたいから、つきあえよ」

ナオはそう言って、リョウの家にロボットを持ってきたのだった。

おもしろいロボットについて、二人で考えた。どんなロボットができれば愉快か。ただの想像みたいなやつも多かったけれど。

まっすぐロボットは、ただひたすらまっすぐ進む。家があっても、ビルがあっても、海でも、山でもまっすぐ進む。そして、地球を一周してもとの場所に戻ってくる。ただそれだけ。

おしゃべりロボットは、人の声が聞こえるとボイスレコーダーをオンにして録音し、その内容を百メートル離れてから最大音量で百回繰り返す。そして、全力でその場から逃げる。同じことを繰り返す。それだけ。

おめざめロボットは、朝、時間になったら、最初は目覚ましの音、次はとうさんの声、最後はかあさんの声で、「起きなさい！」と言う。それだけ。

想像するのは楽しかったし、その機能の一部くらいなら、このキットで実現できた。パソコンでプログラムを作って転送すれば、思いのままに動かせる。リョウは夢中になってプログラムし、おかげでパソコンには詳しくなった。

ぜんぶ、去年のことだ。ナオが元気で、家の前の坂を自転車で駆け上がり、駆け下り、やってきていた頃。どんなに厚着をしても寒がりでガスヒーターの前で丸くなりながら、なぜか「おばさん、コーラ！」と元気に冷たい飲み物を要求していた頃。鼻の上にしわを寄せ、うちのエレピで複雑なピアノ曲を弾いて、「オレって、将来ピアニスト？」とか言っておどけていた頃。近所の桜の木に毛虫がたくさんついていて、ひえーっと大声を出して騒いだ頃。進学塾に行っているわけでもないのに、模試を受けたらリョウよりもずっといい成績で、逆になんかすまなさそうな顔になって「おまえ、がんばれよなあ」と言っていた頃。リョウが土日も塾や模試でつぶれるようになって、一緒の時間は減ったけれど、それでも、メールはしょっちゅうしていたし、夏休みには二泊三日で泊まりに来て、また、ロボットをいじくって盛り上がったのだ。

ボイスレコーダーにぎくしゃくした行進曲を録音したのはこの時だ。ロボットマーチ。再生させながら、台所で夕食を作っているかあさんのところまでプログラムしてたどり着かせ、「ハラヘッタ」と言わせてみたり。

受験のことなんて忘れて、さんざんバカなことばかりやったっけ。

家に帰る直前になって、ナオは、まるでどうでもいいことのように「手術、本当にすることになったから」と言った。「紹介してもらった病院で。最初は検査入院で、たぶん年内に手術できるって」

リョウは「よかったね」と言った。このままの心臓では、大人になるまでは生きられないかもしれない。だから、手術する。手術自体はそれほど危険ではなくて、ただ、体がある程度大きくならないとできない。だから、小学六年生。受験よりも、体。秘密でもなんでもなくて、リョウもずっと知っていた。

目覚ましの音、そして、かあさんの声。

いつもよりも元気がなくて、それで思い出す。かあさんは何も言わないけれど、リョウには分かっている。かあさんもリョウが分かっていることを知っているのかもしれない。でも、言葉にはしない。

朝のメニューは、スパゲティミートソースだった。「パスタは腹持ちして、ゆっくり吸収され、血糖値が安定する」というわけの分からないカガク的理由をかあさんが信じているから。

窓の外は雪だ。

かあさんが、交通機関の乱れをネットでチェックしてくれた。大丈夫、ちゃんと動いてる。分厚いダウンジャケットを着て、スキーの時に使うスノーブーツをはく。かあさんが、そうしろとうるさい。細かいことを言うわりには、リョウがずっしりと重たく、不必要に膨れたデイパックを背負っているのには気づかない。

家の前の駐車スペースに、車は戻っていなかった。

駅までの道は真っ白だ。裏道に入るとまだまっさらの雪で、リョウとかあさんが歩いたところが最初の足跡になった。

ナオなら、こんな朝、どうしただろうなあと思う。寒がりのくせに雪だととたんにうれしくなるらしく、寒いから嫌！　と言い切るリョウを引っ張るように外に出たっけ。雪合戦なら、最初にぶつけて勝手に「開戦」してしまうタイプだ。

快速列車に乗る直前、リョウはかあさんに言った。

「一人で行けるから」

「だって、こんな雪よ。遅れたりしたら……」

「何かあったら電話する」

リョウが強く言い切ると、かあさんは目をふせた。

「試験が終わったらすぐに電話して。すぐ帰ってきて」

滑り込んできた電車のドアが開き、リョウは体を内側に押し込んだ。

着膨れした人たちの中で、小さなリョウは体が浮き上がる。ふわふわ宙ぶらりんで、目指す駅にたどり着く。もう二つ乗り過ごせば、ナオの病院の最寄り駅だと、列車を見送ってから気づいた。

駅からは、親に付き添われた受験生たちの列。リョウが一人だけなのを、いぶかしげに見る大人。幼稚園のお受験じゃないんだから別に珍しくないよな。ナオもそう思うだろ。心の中で呼びかけて、意味もなくこぶしを握りしめてみたら、つるりと滑って転んだ。

試験は、国語、算数、社会、理科の順だった。窓際の席だから、外の景色が近い。校庭は真っ白で、片隅のサッカーのゴールくらいしか形のあるものは見えなかった。

集中できるはずがなかった。校庭と問題用紙を交互に見つめているうちにすぐに十分くらい経ってしまい、そこまできて自分の名前を書いていないことに気づいた。

あー、これじゃだめだな、とあきらめた。

でも、一応できるところはやっておこうか……と問題文の一行目を読んだら、とたんに頭の中でカチッと音がした。

ナオがいた。頭の中にナオがいた。

世界の子どもたちについての文章問題だ。先進国、新興国、途上国で、子どもたちが受けられる教育はどれだけ違うか。栄養はどうか。衛生はどうか。日本の子どもたちは恵まれていて、アフリカの子どもたちは……。

ナオが図書館で借りてきた本の中には、十二歳なのに国連の環境会議で演説をしたり、学校に行けずに工場なんかで働かされている子を助ける運動をしたり、いろいろなすごい子どもの話があったっけ。ナオだって、心臓さえ丈夫なら、あんな子になれたんじゃないかとリョウは思う。だから文章を目で追い始めた瞬間、リョウの頭の中にやってきて、一緒に読んでくれたんだ。

簡単な問題ではなかった。でも、すーっと答えが分かった。算数も同じだった。社会も、理科も。自分としては、かなり上出来。少なくとも、模試よりはずっとよかった。

ナオがいたからだ。きっとそうだ。

面接の時間。

受験票の番号が若いから、きっとすぐに順番がやってくる。とうさんが面接の先生になった練習で、心の準備はできている。

「中学受験の面接は、落とすためのものじゃない。試験ができて、普通に質問に答えられれば必ず通るから」


とうさんはそう言っていた。

でもなあ。試験の成績がよければ、と言ったって……。

これじゃ、ナオのおかげみたいだ、心の中でつぶやいた。


ナオの病室は、四人部屋でほかにも小学生の患者が入っていた。ナオはその中で、一番年上だった。なかなか人気もあったみたいで、小さい子にまとわりつかれては、上手にあしらっていた。

リョウが訪ねたのは秋の連休の一日だ。窓から降り注ぐ光がまぶしかった。夏休みに作りかけたままだったロボットを持って行った。そして、子どもたち専用のプレイルームで作業した。

ロボットの姿としては、ほぼ完全な人間型。例によって、距離を測る超音波センサーを顔に見立てて、コンピュータの部分が胴体。足には二つのサーボモーターを仕込んで、前後左右に動けるようにしてあり、もう一つのサーボモーターで手の動きもある程度制御できる。

どのみち一、二時間で仕上げるのは無理なので、二人ともあまり完成にはこだわらなかった。それより、ボイスレコーダーに変なことを吹き込んで再生しては、まわりの子どもたちを笑わせていた。

そこに、あの人がやってきた。

話には聞いていた、ナオの主治医さん。女医さんで、背が高くて、背筋が伸びていて、きりっとした銀縁眼鏡だけれど、口元はにこやかだった。

「お友だちが来てくれたのね」とリョウのことを見て笑いかけた。なぜか、リョウは恥ずかしくなって、目をふせた。

主治医さんが行ってしまったあとで、ナオが「なっ、すごいだろ」と耳元で言った。

「うん、美人」

「つーか、目標にすべき大人ってかんじでさ。先生がすごいのはさ、休みをとって、アフリカとかに行っちゃうの。知ってる？　世界の恵まれない国で苦しんでいる人たちのために、お医者さんとか看護師さんとかが、ボランティアで行くの。それってさ、格好よくない？」

「うん、格好いい」

「それでさ、目標ができた」

リョウはまじまじとナオを見た。

「オレ、医者になる。だから、高校でもあそこは受けない。大学に医学部がないから。医者になったら、アフリカに行く。病気で死んでしまう子どもを助けるんだ」

「でも、その前に——」

ナオは、左の胸の前でこぶしを握った。気合いを注入するみたいに、そのままぎゅっと押し当てる。「手術して、長生きできる体になる。オレ、改造人間になるんだ。そして、目覚めた時は……」

「悪の秘密結社の手先になっているとかね——」

これは夏休みに一緒に観たケーブルテレビの「懐かしい特撮特集」のネタ。

ナオはロボットを抱えて、リョウを見た。

「よし、じゃ、こいつをピースと名付ける。ラブ・アンド・ピースのピース。改造人間のオレの相棒。オレが目覚めたら、使命を思い出させてくれ」

そして、ナオはボイスレコーダーに吹き込んだのだ。前に録音したロボットマーチにかぶせて、こんなふうにうたった。

〈セカイにヘイワを、テロハンタイ、メグマレナイコドモにアイノテを！　きみは、イシャになって、セカイのコドモを助けるのだ〉

いつの間にか、雪は大降りになっていた。サッカーゴールが白く煙って、ほとんど見えないくらいだった。

校門から出て行くのは、リョウ一人だけだったので、案内係の職員が「もう、面接、終わったの？」と聞いた。

「ええ、まあ」と答えて、そそくさと道を急いだ。

逆方向の快速に乗って二駅目で降りる。

見舞い客のふりをして、病棟へ。そして、子どもたちがたくさんいるプレイルームで、重たいデイパックをおろした。中にはノートパソコンと、人間型に組み上げられたピースがある。

いつかナオとやったように作業する。試験場からずっと感じている頭の中のナオと話しながら。こっちの方がよくない？　いや、こっちのがおもしれーよ。とか。

長期入院の子が何人かリョウのことを覚えていた。リョウは「ロボット兄ちゃん」だ。無邪気に、ナオはどうしたのと聞いてくるけれど、年長の子がとがめた。

この子たちはどんな病気でずっと入院しているんだろうと不思議に思う。子どものがんとか、血液の病気とか、いろいろなものがあるとナオが言っていた。ナオは大人になったら、そういう子たちのことも助けたかったに違いない。

今はひたすらプログラムに集中する。

光センサーで、明るい方に向かって進む。

超音波センサーで、障害物を見つけ、五十センチ手前で方向転換する。

サウンドセンサーで人間の声を感知できれば、そちらに向かう。特に大きな音で、近くに人がいると判断できれば、十秒待ってから最大音量でボイスレコーダーの録音データを繰り返し再生する。

背中につけたタッチセンサーを触ると、もう一度だけボイスレコーダーのフレーズを再生し、ポーズを決めて停止する。

試験的に動かしたら、子どもたちが大喜びした。

リョウはピースを持ったまま、プレイルームを出て、ナオの病室の前に立った。

確かめたかっただけだ。名札は変わっており、ここにはもう目覚めさせてあげるべきナオはいない。

ピースをデイパックに戻してエレベーターホールに向かう途中、何人かのお医者さんにまじって彼女を見た。

相変わらず、背筋が伸びて、美人で、格好よかった。

彼女はリョウのことを覚えていない。すれ違う時に、視線がからんで、にっこり笑いかけられた。

あなたには、できなかったんですね、と小さく背中に話しかけた。

誰にもどうもできなかった。

大人たちがみんなで力を尽くして、だめだった。ましてや、まだ子どものリョウにはどうしようもなかった。

もう午後も遅くなってきたのに、お腹がすかないのはなぜだろう。

電車のホームでは、雪のため遅れが出ているとアナウンスがあった。各駅停車に乗ってゆっくりと戻る。

駅に着いてから携帯電話を取り出した。十件以上も着信があって、留守電には、かあさんの声でメッセージが入っていた。最後まで聞かずに歩き出した。

行くべき場所は分かっている。

十五分ほどの距離。わざと車通りのない道を選び、スノーブーツで雪を蹴る。だんだん足が冷たくなってくる。感覚が消えて、吹き溜まった雪の上を、ぎくしゃくロボットのように進む。頭の中でマーチが響く。

薄暗い高速道路下の建物に、黒い服の女の人たちがいた。

近づくと、声が聞こえてきた。

すごく優秀な子だったのよ。少し変わったところがあったけど、将来が楽しみだって言っていたんですよ。手術をしたら状態がずっと悪かったなんて……。本当に辛いわね。

たった一人の娘さんを亡くして……。

きっとナオの近所の人たちだ。手伝いに来てくれたのか、うわさ話のために来たのか……。話している内容よりも、声の調子が無遠慮で胸に刺さる。

ナオはリョウにとってたった一人のいとこで、きょうだいと同じ。おじさんとおばさんにとってはたった一人の娘。とうさんとかあさんにとっても、たった一人のめい。子犬みたいに目をきらきらさせて跳びはね、荒っぽい言葉で話す女の子。改造人間になって、世界を救う予定。

リョウはピースを、雪のつもったエントランスの上に置いた。

ピースはゆっくり歩き出す。モーターの音は最小。雪に吸い込まれてほとんど聞こえない。ぎくしゃくしているけれど、まっすぐ確実に進んで行く。

リョウは吹きさらしの入り口のところで待つ。

おしゃべりしている黒い服の女の人たちは気づかない。

その向こうにひときわ明るい一角があって、ピースはそっちに体を傾けて進路を変えた。

堅い床を走る靴音が近づいてきた。

「リョウちゃん！」と声が突き刺さった。

「どこへ行っていたの！　試験はどうだったの」

かあさんの後ろから、目にくまをつくったとうさんも顔をのぞかせる。

リョウは首を横に振った。

試験はよくできたけど、面接を受けなかった……。

「ナオちゃんが亡くなって、動揺していたのね。やっぱり、わたしも一緒に行けばよかった。ごめんなさい。わたしが悪かったの」

もう一度、首を横に振る。でも、今度は力強く。

だって、受験なんてしている場合じゃない。

合格して、そのまま大学に行っても、行きたい学部はないから。

ピースがいつの間にか建物の奥まで進み、誰かが悲鳴をあげた。

ちょうど白っぽい木の箱があるのが見えた。あの中に、冷たくなったナオがいる。

ピースが、ナオが弾くロボットマーチを大音量で再生した。ピースの動きにぴったりのぎくしゃくしたリズム。それでも前に進んで行く音楽。

きゃっ、あれ何？　ロボット？　歩いてるよ、ほら、見てよあれ！

あちこちから声があがる。

そして、ナオの声で、

〈セカイにヘイワを、テロハンタイ、メグマレナイコドモにアイノテを！　きみは、イシャになって――〉と陽気にうたう。

「ナオ！」とおばさんの声がした。そして、ロボットを抱きしめる。

おばさんの腕がタッチセンサーに触れた。

〈セカイにヘイワを、テロハンタイ、メグマレナイコドモにアイノテを！〉

声もロボットマーチも止まる。そして、ピースは左の胸に手を当てる。

おい、気合いを入れろよ。起きろよ！　と心の中で思う。改造人間になって、世界のためにがんばるんだろう。

返事はない。試験の時からずっと頭の中に感じていた、ナオの気配も消えた。

ぎくしゃくしたマーチが頭の中で鳴り続けている。

エントランスに横殴りの雪が吹きつけて、つぶてのように頰に当たる。

「お医者さんになりたい」

リョウははじめて口にした。かすれた声だったけど、なんとか言えた。

そして、顔を上げて、とうさんを見た。

ナオのような子、大人になるまで生きられなかったり、長期入院しなければならない小さな子たちを助けられるなら……。

「高校受験して、大学も受験する」

「おまえ、それって……」

降りしきる雪に、声が吸い込まれていく。

とうさんたちが通った大学には医学部がない。エレベーター式でその大学に行くのが前提の中学校に入っても仕方ない。

胸の前で、こぶしを握り、強く押し当てる。
とうさんが目を大きく開いてリョウを見ている。

1　森の匂い

まだ眠たいというのに、目覚まし時計が鳴った。

いつもと違う音だと気づいた。アラームじゃなくて、鳥か何かの鳴き声に近い。いや、鳥でもない——。

ええっと、きのう教えてもらったばかりだ。類人猿の中ではわりと小型の種類で、家族で暮らしていて、朝、必ず大きな声で大合唱するのは……。

テナガザル！

リョウは上半身をがばっと起こした。

体がぐらりと揺れ、すぐに自分がベッドではなく、木と木の間に吊ったハンモックで眠っていたことを思い出した。時すでに遅しで、腰からどさっと地面に落ちた。

いててっ。せっかくすごいものを聞いて目を覚ましたのに、ついてない。

でも、地面の近くにいると、不思議な匂いに包まれる。土と木の匂い？　いや、それだけじゃない。自宅近くの雑木林よりも、もっとふんわりして分厚く、ああここは日本じゃないんだ、とあらためて感じる。

隣のハンモックに、金色の髪が見えた。細い肩が呼吸に合わせゆっくり動いていた。

まったく、こんな中よく眠れるなあと思う。

「起きなよ。テナガザルのコーラス、聞き逃したら後悔するよ」

ハンモックを揺らしながら、このまま叩き落としてやろうかと思ったけれど、やめた。

大きな音にも気づかないのは、眠っている間は音が聞こえづらいのだと気づいたから。

「ああ、なにすんだよ。落ちるだろ、ばかっ」

ナオミはびくんと体を震わせてから首だけでこっちを見ると、大きなあくびをした。

あくびが終わる前に、とても器用にハンモックから降り、ポケットから補聴器を取り出してつけた。

「もう朝かよ。まだ、寝足りない！」

それでも、すっかり目は覚めたようで、二人のハンモックの上に吊ってあった露避けのナイロンシートを取り外しにかかった。寝覚めはいいみたい。でも、テナガザルの合唱は遠くなってしまって、もう聞こえない。

ナオミの髪が重く濡れているのに気づいた。実は自分もそうだ。シャツも、ぐっしょりしている。熱帯で湿度百パーセントのジャングルって、こういうものだったとは。直接太陽の光に当たらなくても昼間は充分に暑くなるし、そのわりには夜は案外冷えた。とにかくいつも湿っていて、風呂上がりみたい。

「おい、ヒルに食われてるぞ」とナオミが言った。

えっ、と声をあげて、リョウは自分のズボンの裾をまくった。そして、ほっと息をついた。からかわれただけだ。

この森には、尺取り虫みたいに動く、細く小さな黄色っぽい生き物がいて、気を緩めると靴を這い上がり、ズボンやシャツの下に入り込んでくる。そして、血を吸う。痛くはないけれど、気持ち悪い。ハンモックを吊るして眠ったのはヒルを避けるのが第一の理由だ。

「あ、ナオミこそ、首に何かついてるよ」

リョウは悔しくて言い返した。でも、ナオミはまったく気にせず、

「リョウはハンモックを頼む」と無視した。

「オーケイ」

リョウは肩をすくめて、うなずいた。ま、いいか。この子を出し抜こうなんて、ちょっと無理。クールで頭の回転が速くて、何があっても動じないかんじだし。

とはいえ、やっぱり、困るなあ、と思う。

ハンモックのロープをほどいていると、すぐ近くで作業しているナオミの後ろ姿が嫌でも目に入ってくる。それだけで、リョウは、自然とドキドキしてしまうのだ。出会ってからそんなに経っていないのに、何度、こんな気分になったことか。

別に女の子として意識しているわけではないと、自分では思っている。ドキドキする理由な

ら、ほかに充分すぎるくらいあるのだから。

ナオミ・スズキ・ジェニングス。

アメリカ生まれで日系で、同い年の子。髪は完全に金髪で、肌はすごく白い。正面から見るとそばかすだらけだ。完全にガイジンのルックスなのに、日本語はすごくうまい。おまけに、リョウとしては大問題なのだけれど、ナオミはリョウにとって、とても大切だったいとこと
そっくりなのだ。雰囲気や性格だけでなく、名前まで似ていて、ちょっと反則！　って思うくらい。

中学一年生のリョウが、誘われるままに、こんなところまでやってきたのにはそんな理由も確実にあった。

「おい、リョウ、もたもたしてんなよ。きょう中に、調査は終えるんだからな」

「分かってる」とリョウは言い、押しが強いのも似てるよなあ、と口の中でつぶやいた。

すべてをリュックの中に詰め込んでから、水筒の水を飲んだ。食べ物は、カロリーの高いクッキーを持たせてもらっていて、口の中に放り込もうとしたら、いきなりドッと大きな音がした。

「お、あっちもお目覚めみたいだな。これ、プレゼントかな」

ナオミは、自分の顔ほどもある巨大な果物を拾い上げて差し出した。地上に落ちた衝撃でとげのいっぱいある殻が割れていた。

ドリアンは、この島のオランウータンの大好物だが、うっかりと落としてしまうこともあるみたいだ。きのうの午後も、携帯食の夕食をとる前に、二人の近くに落ちてきた。頭に当たったら怪我しそうな大きさだからひやっとしたし、何かが腐ったみたいなひどい臭いがした。

「食べる」と言ったのはナオミだった。「臭くて当たり前って聞いてる。一度、食べてみると癖になるほどうまいらしいぞ」と。

ナオミは、ぶっきらぼうだけど、好奇心おうせいなのだ。

半信半疑で鼻をつまんだまま、どろっとした塊を口の中に入れたら、思わず、うわっと声が出た。

これまで知らなかった味、と最初は思った。あえて何かに似ているとしたら、こってりねっとりとしたカスタードクリームとバナナとチーズを混ぜたみたいなかんじだ。

最初の一口目をゆっくり、喉に落としたら、もう夢中になっていた。

とにかくお腹が減っていたし、携帯用のクッキーよりずっとおいしかったし、二人はがつがつと食べた。それ以来、リョウは、またドリアンが落ちてこないかなあと思っていたのだった。

そして、翌日の朝食にあわせて、見事にその願いが叶った。

なんか、見透かされているみたいだった。

いろいろな果物や卵や牛乳を混ぜて腐らせたような悪臭がしても、ためらいなく口に運んだ。

やっぱり、おいしかった。

「なんか、あたしら、オランウータンになった気分だよな」とナオミが言って、リョウは笑った。


ことの始まりは、リョウが地元の公立中学校に入って間もない四月なかばのことだった。放課後、校門をくぐったら、見たこともない学校のセーラーブラウスを着た女子が立っていた。金髪なのは染めているわけではなくて、本当にガイジンなのだ。それ自体は、別に珍しいことじゃない。留学生はリョウの学校にもいた。

通り過ぎようとして、ドキッとし、立ち止まった。

髪の色を別にしてすごく似ていたから。

思わず、「ナオ」と声を出してしまったくらい。

ナオはリョウの同い年のいとこで、家が近かったからきょうだいみたいに育った。小学校は違ったけれど、中学校の校区は一緒だった。今、同じ学校にいないのは、小学六年生の時、心臓の病気で入院したきり、帰ってこなかったからだ。

ナオは、リョウよりもずっと勉強ができたし、活発だった。男の子みたいにさばさばして、音楽が得意だった。たぶん、大人が見たら、リョウなんかよりずっと「将来有望」な子だったと思う。

でも、ナオの「将来」は六年生のところで突然おしまいになって、リョウだけが中学生になった。ナオはほんの何ヵ月か、中学生に届かなかった。

だから、リョウは、揃えたばかりの大きなブレザーの制服で中学校に通い、ナオのことを時々考えた。考えていない時も、ナオが一緒にいるように感じた。

ナオの代わりに勉強しなきゃと思い、ナオの代わりに楽しまなきゃと思い、結局、ぼんやり時間を過ごすことが多かった。夢中になれそうな部活動もなく、かといって勉強がおもしろいわけでもなく、自分の居場所と思えるところもなく……、こんなふうに三年間が過ぎていくのかなあと自然に受け止めていた。

そんな時に、いきなり、だった。

ナオに似た子がいて、思わず声を掛けてしまった。

その子は、耳に手を添えながらこっちを見た。髪はショートとはいえナオよりは長いし、目は青い。客観的に見れば似ていないかもしれない。でも、少なくとも雰囲気はそっくりだった。

「なんで、名前、知ってんだ」

その子は同じポーズのまま言った。

リョウはその場で固まってしまった。意味が分からなかったから。

「そうか、おまえがリョウか。どんな奴なのか顔見たくてさ。もう通知が来たんだろ。同じユニットメンバーの一人は、お察しの通り、あたしだ。よろしく」

リョウはわけが分からぬまま差し出された手に自分の手を重ね、一応、握手らしきものをしてから、彼女の背中を見送った。

家に帰ると、母さんが慌てて玄関まで迎えに出てきた。それどころか、父さんもすごく早く帰ってきて、いきなり家族会議みたいになった。

翌朝、リョウは校長先生に呼び出された。

「大したものだ。我が校としても鼻が高い」と書類をぱらぱらとめくりながら言った。

その後の全校朝礼で、リョウは壇上に呼び出された。

「一年A組の朝倉《あさくら》諒《りよう》君が、国際的な教育団体に選ばれて、様々な国で行われる研修に参加することになりました。朝倉君は、時々学校を休むことになると思いますが、貴重な体験をしてきてくれるはずです――」

校長先生のスピーチを聞きながら、リョウは居心地が悪くてならなかった。

なんとかという名前も思い出せない国際団体の募集に応募したのは事実だ。いとこのナオが、入院前にネットで見つけてきて、一緒に応募しようと誘ってくれた。そして、ナオがほとんど書類を揃えて出したのだ。

もう半年以上前のことだし、すっかり忘れていた。合格通知が届いてみると、何も知らない両親も驚き、校長先生が喜ぶほど大きな話だった、というわけ。

昼休み、リョウは誰にも見られないように職員用トイレにこもった。そして、送られてきた招待状をあらためて読んだ。

〈朝倉諒殿――貴殿を当財団のジュニアメンバーに認定します。二十一世紀の地球と国際社会のリーダー候補である貴殿に、今後、一年間、世界各国における国際交流研修プログラムを提供いたします。初回の研修は――〉

地球と国際社会のリーダーって？　それ何？

ナオは、応募する時、選ばれればすごいことになると言っていたけど、たしかにすごい。すごすぎる。

先を読むと、〈今回は、十二歳から十五歳までの、未来を担う子どもたちを、およそ二百人選出しました。みなさんは地球選抜キッズなのです〉とあった。

地球選抜キッズには、〝ＧｅＫＯＥＳ〟という名前がつけられていた。「ジーコーズ」と読むらしいけれど、何を意味しているのか分からない。

父さんは、会社の海外部門の人や大学時代の友だちで外務省にいる人に聞いて、この団体が信頼できるところだと確かめた。母さんはナオのためにも話を受けてほしいと言った。リョウは一人っ子で、母さんはナオのことを実の娘みたいに思っていた。そして、リョウは、合格したのはリョウではなくてナオだと知っていた。特に応募用の作文なんて、ナオが真っ赤になるくらい赤ペンを入れてくれたのだから。

ナオのためなら……行ってもいいかな。リョウは思った。同時に、あの金髪のナオに似た女の子のこともふと思い出した。あの子も一緒に来るのだと分かっていた。

〈最初の研修地は、東南アジアの赤道直下Ｂ島です〉と書類にはあった。

〈課題は「オランウータンの森をまもる方法を考える」です。必要な装備はすべてＧｅＫＯＥＳで支給しますので、貴殿は通常の旅行程度の準備で、別紙の通り現地入りしてください〉

リョウは、オランウータンといわれても、動物園にいる茶色い大きなお猿さんというくらいのイメージしかなかった。

飛行機に乗って、遠いＢ島というところまで行って、オランウータンの森とやらで、いったい何をするのだろうかと、すごく謎だった。

「オランウータンは猿《モンキー》ではない。大型類人猿《グレイト・エイプ》で、遺伝子の九十七パーセントは人間と同じ。その名前は現地語で〈森の人〉という意味だ。木の上からほとんど降りず、何百種類もの果物や葉を食べて生きている。オランウータンが生活できる森は、健康な森だ。しかし、健康な森が減り、オランウータンも減っている。オランウータンをまもることは森の健康をまもることで、結果的に傘になってほかの動物もまもることになる。これを傘の種《アンブレラ・スピーシー》と呼ぶ。では、オランウータンをまもるためにはどうすればいいか。自分たちの目で確かめてほしい」

研修担当者は色黒で小柄な男の人だった。この島の生まれだそうだ。使う言葉はもちろん英語。ナオミがかいつまんで教えてくれなかったら、ほとんど分からなかっただろう。参加して、さっそく情けなくなった瞬間だった。

通知からわずか二週間後、B島に集まったのは、日本からリョウとナオミ、そして、南米や中東やインドから一人ずつで合計五人だった。インド以外の国名が分からなかったのは、自己紹介の時にちゃんと聴き取れなかったからだ。

招待状にあった通り、着替えくらいしか準備してこなかったけれど、たしかに装備は整っていた。翌朝、それぞれに合った長靴と、雨が降った時のためのポンチョや食料が入ったリュックが支給された。そして、全員お揃いの緑色のTシャツも。前の胸の部分には、GeKOESのロゴと、子どもたちが地球を抱きしめているイラストがあった。

「現実を観察し、五感すべてで感じ取ってほしい。そして、きみたちの提案をリポートしてほしい。それがGeKOESの実地研修だ。未来を担うキッズの提言をわたしたちは大切に扱う。実現可能なものなら、実施に向けてわたしたちは努力する」と研修担当者は言った。

責任重大なかんじがして、リョウは緊張した。

開けたところにあるキャンプ地の建物前から出発し、すぐ近くの森を目指した。

地元のガイドさんと一緒だ。森の近くの村や町で生まれ育ち、このあたりのことをよく知っている人たちだという。ＧｅＫＯＥＳの子どもたちと同じ数で五人。

ガイドさんたちは、オランウータンがいそうなあたりまで連れていってくれることになっていた。その後で姿を消すが、必ず近くで見守っているそうだ。おまけに、リュックの中には、迷子になっても位置が分かる携帯ＧＰＳが入っているし、無線機もあった。

だから、安全面では問題ない。ただ、できるだけ、ガイドの力を借りずに、自分たちで地図を読んで、森を移動するようにと言われた。五感をぜんぶ使い、考え、森を体験してほしい、と。一応、道はあちこちにつながっているから、そこを外れない限り、問題ない、とも。

ガイドさんたちの背中を追って歩いていくと、道がどんどん細くなり、まわりの木がふえ、すぐにうっそうとした森になった。太い木から、板のような根が張りだしているのは、板根《ばんこん》といって、森の土が浅いからしっかりと幹を支えるようにこんな形になったのだそうだ。リョウが地元の公園で見る木とはまったく違った。

「緑のＴシャツの次を狙いたいよな」とナオミが言った。

リョウはよく知らなかったけれど、ＧｅＫＯＥＳの参加メンバーは、成績というか到達度によってＴシャツの色が違うのだという。でも、リョウは今のことでいっぱいいっぱいで、そんな先のことを気にする余裕はなかった。

森に入って三十分ほど経って、ガイドさんたちが立ち止まった。そして、木の上を指さした。

「あの木の上で、オランウータンが眠った。葉と枝を重ねたベッドが見えるだろう」とナオミが通訳してくれた。

よくよく見ると、木の枝が分かれた部分に、巨大な鳥の巣みたいなものが、枝と葉で作られていた。

「オランウータンは、毎晩違うところにベッドを作るが、あれはきのうのものだ。まだ遠くへは離れていない。耳を澄まし、目を凝らし、追うといい」

そして、ガイドさんたちは姿を消した。まるで忍者みたいだった。

五人の研修生がお互いに顔を見合わせた。ナオミが何かを英語で言い、ほかの子たちが口々に意見を述べた。そして、みんながリョウを見た。

「ばらばらになって別行動した方がいいと言ったんだ」とナオミ。「できるだけいろいろな情報を集めて持ち寄った方がいい」

えーっ、とリョウは心の中で、叫んだ。

ただでさえ不安なのに、一人ひとり別行動だって？

「それはやめた方がいいと思う。ガイドがいても、危険なことはいくらだってあるし、最低限、二人以上で組まないと」リョウは日本語で意見を述べた。

「それはいい折衷案だな」とナオミは言って、また英語でほかの子たちに話しかけた。

セッチュウアン？　別々のアイデアの間をとったってこと？

英語が分からないから不明だけど、たぶん、ナオミ以外の子は全員で行動すべきという意見だったのかも。

「じゃ、そういうことだ。あたしとリョウでA班、ほかの三人でB班ということにして、二手に分かれる」

五分後には、リョウはナオミと二人で森の小径を歩いていた。ナオミの判断の早さといい、仕切りっぷりといい、びっくりさせられることばかりだ。

「おまえ、耳いいか」とナオミは聞いた。

「まあ、普通」

「じゃあ、そっちは頼んだぞ。オランウータンを見つける方法は、木から木へと移る時の音を聞くこと……って分かってるよな」

リョウは分かっていなかった。でも、分かっていることにしてうなずいた。たぶん、ガイドさんが言ったのだろう。

しばらくすると、リョウもそれがよく理解できた。

ガサッ、ザーッとすごい音がする。誰かが木を揺らしているんだ。

「あっち！」と指さしたら、ナオミがぽかんとした顔をしてから、親指を立てた。

「急ごうぜ。言っとくけど、今、よく聞こえてないからよろしく！」と言って、耳を指さした。わけが分からないけれど、それはそれで納得するしかない。

リョウは、音がする方へとどんどん進んだ。途中からは、道がなくなってしまい、支給された山刀を使って小さな枝などをぶった切りながら進んだ。すぐに肌から汗が噴いて、緑色のTシャツはびしょびしょになった。

そして、見つけた。

ちょうど森が開けたところで、見通しがよく、オランウータンが木の枝から何かを採っては食べているのがしっかりと見えた。茶色い毛が、太陽の光を受けて赤っぽく輝いていた。おまけに——。

「見ろ！」とナオミが言った時には、もう、リョウだって気づいていた。

オランウータンのお腹のあたりに、小さなもこもこした塊があったのだ。

オランウータンの体よりも、色が薄く明るい赤茶色だった。それが、お腹にぎゅっとしがみついている。

赤ちゃん！

お母さんのお腹にしがみつき、くりくりした大きな目でこっちを見ていた！

「くー、かわいいよな。あれ見ると、助けなきゃって気になってくる」

ナオミは森を歩き続けたせいで、肩で息をしながら言った。

体力がないところも、いとこのナオと似ているかも……。

その後は、ひたすら、オランウータンを追って歩いた。

それほど速く動く生き物じゃない。しばらく同じ木に留まって木の果実や葉を食べ、おしっこもうんちも枝の上から。落下物には要注意。

いったんお腹がいっぱいになると、木の上で昼寝してしまう。そうなると、一時間、二時間動かないこともあるので、朝作ったサンドウィッチを食べる時間もあったし、森のあれこれを見渡す余裕もあった。

オランウータンの森というけど、オランウータンだけじゃない。

木々は、五十メートル以上もある高いものがあるかと思えば、人間と背が変わらないくらいの小さなものもある。

鳥たちが森の上の方を飛んでいくし、地上では一度、不思議な小さい動物が走った。卵形の体にお箸みたいに細い足！　ウサギにもネズミにも似ているけど、まったく違う変な動物！

「マメジカだ！」とナオミが言った。

ポケットガイドに写真が出ていた。世界最小の鹿なんだって。体の高さはわずか二十センチ！　そいつが足下をちょろちょろと走って、茂みの中に消えていった。

さっきのオランウータンは、ドリアンの木に取りつき、しばらく同じ木の上にいた。

リョウとナオミがありついた最初のドリアンの実が落ちてきたのはその時だ。

しばらくこっちを見ていてどうするか関心があるみたいだったから、本当に食べさせようと落としたのかもしれない。リョウたちが、割れたドリアンから指で果肉をすくい始めると、自分たちも食べ始めた。

やがてオランウータンは満腹したみたいで、木の上を伝って少しだけ移動し、別の木の上にベッドを作り始めた。

幹が二股になったところに葉がたくさんついた木の枝を積み重ね、寝床にしてしまうのだ。葉がたくさんついた枝をわっさわっさと運び、本当に手際がよくて十分もかからなかった。

「じゃ、帰ろうか」とリョウは言った。

オランウータンは巣を作ってしまうと、明日の朝までもうそこから動かないはずだ。

「いや、それはまずい」とナオミ。

「今回の課題は、オランウータンの森をまもるためにどうすればいいかリポートするんだろう。五感をぜんぶ使えって言ってたよな。じゃ、とことんくっついていくのが一番だ。いったんキャンプに戻ったら見失うかもしれないだろ。今晩はここで野宿だ」

ナオミはまるで友だちの家にお泊まりするというみたいにさりげなく言い、ハンモックを吊り始めた。

なに……この決め方の早さ。おまけに、反論できないくらい、しっかりした意見だ。

リョウは本当のことを言うと、人を襲う猛獣とか大蛇がいないかとか心配だった。こんなに深い森なんだから、夜になるとどうなるか怖い。でも、教えてもらった知識では別に心配はなさそうだ。この島にだけ住む小型のゾウは、近くで出会うと危険らしいけれど、このあたりにはいないというし。

つまり……反対する理由はなかった。

ハンモックを吊ってしまうと、まだ残っていたドリアンも食べた。臭さとは別に、口の中は甘くねっとりした味でいっぱいになって、満腹だった。

すべての準備が整った頃、森全体から蟬の声が聞こえてきた。

真っ暗になると、カエルの合唱に変わった。

ジャングルって夜の方がにぎやかなんだ！　びっくりした。でも、そのうちに慣れた。

地面からほんの五十センチほどの高さのハンモックで、湿った落ち葉や、食べ散らかしたドリアンや、木々の匂いがぜんぶ一緒になって、ああ、ぼくは今、日本から遠く離れたジャングルにいるんだなあと、感じているうちに眠ってしまった。


そして翌朝、ナオミとリョウは、オランウータンの親子のあとをひたすらついて行っていた。

果実や葉を食べながらなので、それほどの距離ではなかったけれど、湿度百パーセントだし、汗はとめどなく流れてそのまま乾かないし、疲れるといったらなかった。そろそろ昼ご飯を食べたくなった頃、オランウータンが止まった。

お昼寝の時間？

いや、そこがちょうど行き止まりだったのだ。

ほんの十メートルほどの幅の川があって、対岸には森が広がっていた。でも、こっち側では、いきなり、森が途絶えていた。

正確にはたくさんの木が立ち並んでいるのだが、自然な森ではなかった。

「パームツリーの植林か。地球に優しいって、やつだな」とナオミが言った。

リョウはだまってうなずいた。

パームツリーはヤシの木の一種で、油椰子《アブラヤシ》とも呼ばれる。パームオイルという植物油を採るために、もともとの森を切り開いて植えてある。ここは、ぱっと見たらパームツリーだらけの森に見えるけれど、実際は植物油を採るための畑、みたいなものなのだ。

というのは、ここに来る前に本を読んで予習してきたナオミから教えてもらった。何も考えずに、着替えだけを持ってやってきたリョウとは大違いだ。

「化粧品や、石けんや、マーガリンなんかの原料になるから便利なんだってな。石油とは違って、天然の木から採れるから『地球に優しい』みたいに思えるしな」

ナオミの言い方は、すごく怒っているみたいだった。

リョウは、その意味がよく分かった。

「ほら、あの動き……」とオランウータンを指さし、ナオミの耳元で言った。

ナオミが目を細めた。

「あ、ああ、本当だ」

「ここは、きっと、オランウータンには砂漠みたいなものなんだね」

ナオミはまじまじとリョウを見た。

「おまえ、たまには少しいいこと言うな。まさにその通りだと思う。これ、自分の目で見ないと分からない。本にはここまで書いてなかった」

つまり、オランウータンは、森をずっと動いてきたのに、同じくらい木がたくさん生えているパームツリーの植林の方へは近づこうとしなかったのだ。

何百種類もの植物を食べて生きるオランウータンにとって、一種類しか木がないパームツリーの森は砂漠みたいなものだ。リョウはまずそう思った。

とすると、オランウータンだけでなく、ほかの多くの生き物にとっても、かもしれない。

「この森って、そんなに広くないんだよね」とリョウ。

「地図によれば、たった四平方キロメートル。二キロかける二キロくらいの大きさだ。こんな小さな森にオランウータンがいるんだからびっくりするよな。オスは大きくなったら、メスを求めて旅立つんだ。それで、パームツリーの植林の中に迷い込んで……いずれは、どこかにいなくなる」

「死んじゃうってこと？」

食べ物がない砂漠を旅したら、いつかはお腹がすいて死んでしまう。

「さあね」

「あっちに行けばいいのに」リョウは川の方、ほんの十メートル幅の水面を挟んだ別の森を指さした。

「オランウータンって泳げないんだって」

「じゃ、橋をつくるとか。川にせり出してる木なんて、向こう岸にすごく近づいてるのに。あそこを渡してやれば、森は広がるよね」

「そうか……うん、そうだな。いいアイデアかもしれない」

ナオミがうなずいた。

そんなことを話している間に、オランウータンの親子の姿が見えなくなった。

木から木へ渡る時の大きな音はしなかったから、近くの木の中で昼寝しているのかもしれなかった。

いきなり、ドサッと音がして、リョウはドキッとした。

そして目を見開いた。

「そろそろ、戻ろう」ナオミは腰にかけてある携帯ＧＰＳの表示画面を見たまま言った。

ちょっと！　今そんな場合じゃないでしょ。

「静かに！」リョウは鋭い語気で、でも、大声にならないように言った。

「おい、聞こえねえよ。頼むからちゃんと話してくれ」

ナオミは相変わらず大きな声でドキドキしたけれど、さいわいオランウータンたちは、驚いたようではなかった。

リョウはもう話さずに、ナオミの肩を押して振り向かせた。

ほんの数メートル先に水たまりがあった。そこだけ水があるというのは、地下からわき出しているのだ。

いや、そんなことより、オランウータンって、木から降りないんじゃなかったっけ。

なのに、地上にいて、木々の間にある小さな小さな水場で、ごくごく喉を潤している。母親も赤ちゃんも！

リョウは支給されたデジカメで動画を撮った。やがてマメジカもやってきて、さらに何十分か後、別のオランウータンもやってきた。

あとで知ったことだけれど、この小さな水たまりは森の動物たちが使っている「塩場」なのだ。植物を食べただけでは得られない塩分やほかの栄養を補うために必要なのだという。

午後も遅くなっていた。今こそ帰る時間だった。

「パームツリーの中をつっきるぞ。その方が近いんだ」とナオミの指示。

そして、ぽつり付け足した。

「さっきは大声出して悪かったな。あたし、生まれつき耳が聞こえにくくて補聴器してんだけど、湿気のせいか調子悪くてさ」

「そうだったんだ……」

なんとなく聞けなかったから、生まれつきとは知らなかった。

「おまえとはじめて会った時も、調子悪かったんだよな。ひょっとしておまえ、妨害電波、出してない？」

リョウは苦笑して首を横に振った。

いとこのナオは心臓が悪かった。ナオミは耳が悪い。でも、すごく才能もあって、活発で、とにかく、判断力とか行動力とか、リョウはまったくかなわない。

「ま、とにかく、あたしたち、ずいぶんたくさんのことを見たぞ。森が小さすぎること。川向こうの森まで行きたくても行けないこと。いろいろな動物が水を飲みにくる水たまり……。よし、提案することも見えてきた！」

ナオミは最初、意気揚々としていた。

でも、パームツリーの森は、どこまでも単調で、同じ景色で、なんとなく元気を吸い取られるところがあって、そのうちだんだんしゃべるのも、面倒くさくなってきた。

森の中での最後の会話は、短い休憩中のやりとりだった。

「おまえの、そのペンダント、格好いいな」とナオミが言い、リョウはTシャツの下にしていたものがいつの間にか外に出ているのに気づいた。

「高級品じゃないよ。ロードナイトっていって天然石。バラ輝石《きせき》ともいって、日本でも見つかる。本当に自分たちで見つけたんだよ。お守りみたいなものなんだ」

リョウは赤い小さな塊をぎゅっと握りしめた。

自分たち、というのは、リョウといとこのナオのことだ。ナオが気に入ってお守りにしていたものを、リョウが譲り受けた。男子なのにいつもペンダントをしていて、からかわれたことはあるけれど、リョウは気にしなかった。

疲れ切って、キャンプにたどり着くと、ほかの研修メンバーはとっくに戻っていた。二人を見ると、楽しそうな声で笑い、手を振った。

リョウは、建物の中でシャワーを浴びたとたんに眠くなって、そのまま昼寝した。

Tシャツを替えたのに、それでも森の緑の匂いがした。胸のペンダントが匂いを吸い込んだみたいだった。

オランウータンと一緒に木に登り、どこまでも続く海のような緑の中に泳ぎ出す夢を見た。

リョウはオランウータンの子になった気分だった。本当にどこまでも緑の中を泳いで行ければいいのに！

ふわふわした夢で、すごく心地よくて幸せで……でも、急に誰かの声が聞こえた。

ええっと、知ってる。同室の男子の声だ。リョウに何か呼びかけている。

緑の海が、さあっと狭まって、目の前から消えた。

ぼんやりしたまま、なんだか急に切なくなった。いつかあの子が旅立とうとした時に、緑の海が実は二十五メートルプールだと知ったら嫌だなあ、と。気持ちいい森がずっと続いていればいいのに！

「おい、リョウ、起きろよ」

ゆっくりした英語が近くで聞こえ、リョウははっとして体を起こした。

「だから、ディナーだよ。食べようぜ」

ええっと、この子、誰だっけ。そう、ハッサンって名前で中東の国から来た子。

リョウは急いで立ち上がり、部屋を出た。そして、食堂に向かうハッサンの隣に並んだ。

ハッサンは快活だ。英語が分からないリョウにもどんどん話しかけてくる。リョウが分かっているかどうかも全然気にしていない。

それでも、笑顔を見ていれば、分かる。いい奴だ。

リョウに興味を持って、いろいろ知りたがっている。そのこともはっきり分かる。

学校ではなかなか居場所が見つけられないリョウなのに、今はそんなふうに感じない。

言葉が通じなくて当たり前、違っていて当たり前。そんな雰囲気がある。だから、気を楽にしていられる。ナオミだって、言い方はきついけど、悪い子じゃない。

「ナオミ・イズ・ア・ハード・ワーカー、アー・ユー・オーケイ？」

ナオミはすごくがんばり屋みたいだけど、きみ、大丈夫なのか？　そう聞かれたのだと分かり、二人で大声で笑った。

自然とリョウも片言の英語をしゃべっていた。なんとかオーケイだよ。それより大変なのは……。

「ワオ、リアリィ？」とハッサン。

ええ？　通じたの？　帰ったらすぐに中間試験《イグザム》だと言ってみたのだ。

ガンバレヨ、とハッサンは言った。とにかく、そういう意味の英語だった。

「センキュー」と返した。

ぼくはここにいていいのかも、と中学生になってはじめて思った。

2—水をはこぶ女の子たち

厚めのビニールでできた容器は、水を入れるとずっしり重たくなった。容量二十リットルと聞いたので、重さにすると二十キログラム。リョウは自分の体重の半分近い水を、肩掛けベルトで背負わなければならなかった。

それも上り坂だ。細かな砂の小道は滑りやすく、リョウは何度も膝をついた。ナオミをはじめ、ほかの連中も、時々、バランスを崩して体勢を立て直していた。

一方、前を進む村の子たちは、危なげがなかった。青や赤の、古びてはいるけれどきれいな色の服を着て、バケツを頭の上にひょいと載せたまま、すいすい上っていく。絶妙のバランス感覚で、本当に同じ道を歩いているのか不思議になるほどだ。バケツの中の水はもっと多いはずなのに！

リョウをはじめＧｅＫＯＥＳのみんなは、早々にあきらめて、ゆっくりと進んだ。村の子たちとは距離が離されるばかりだった。

そして、とうとう後ろ姿が見えなくなってしまった！　案内なしに家まで帰り着けるだろうか……心配になったところ、曲がり角のところで待っていてくれた。

女の子ばかり十人ほど。そのうち三人か四人は、自分たちと同じくらいの年齢だ。こちらを見ると、仲間うちで目を合わせてはくすくす笑う。笑われても仕方ないと思う。本当に、リョウはここでは役立たずだから。

女の子たちは、またすぐに歩き始めた。

「ヘイ、レッツ・ゴー！」

リョウの肩を叩いたのは、ハッサンだ。英語が得意ではないリョウにいつも話しかけてくれる陽気な奴。

坂道をもう少しだけ進み、細い道に枝分かれしていくと、山の中腹に細長い木造の家が見えてきた。女の子たちが家族と一緒に住んでいる「ロングハウス」の村だった。

最初の研修地だったB島から帰国したあと、新しい活動の知らせがあるまでしばらく時間があった。その間、リョウはごく普通に毎日登校して、勉強して、友だちと遊んだ。中学一年生として、かわりばえしない日々だった。

それでも、妙に忙しかった。部活に入ってもいないのに、放課後は毎日のように埋まっていた。ＧｅＫＯＥＳにリポートを出さなければならなかったし、一度、研修を受けると、自分が勉強しなければならないことがよく分かった。

　家に帰ると、駅前のファミリーレストランに行っておかわり自由のドリンクを頼む。そして、学校の宿題を片付けつつ、ナオミがやってくるのを待つのがだいたいのパターン。

　ナオミは私立中学校に通っていて、登下校にリョウの家の近くを通る私鉄を使う。途中で降りるのは別に負担じゃないと言う。だいたい四時半までには現れ、それから一時間か一時間半、話した。それも、ほとんど英語で！

　もちろん、リョウは英語を学校で習い始めたばかりだから、ほとんど片言だ。ナオミは、昔、アメリカのマサチューセッツ州というところに住んでいたので、英語は普通に話す。

「特訓だからな。リョウは、英語を特訓しとかなきゃ、ＧｅＫＯＥＳで苦労する」

　と母さんみたいなことを言い、一対一の授業をしてくれる。リョウがＢ島での研修を終えて、勉強しなきゃ！　と思った中で一番大きなものは、まさに英語を聴き、話す力だったから、ありがたかった。それでも、急に上達するはずもなく、リョウはへこんでばかりだ。ナオミの強気で上から目線な性格なら、バカにされるのも覚悟していた。でも実際は、まったくそんなことはなかった。むしろ、逆だった。

「言葉ってのは、本当に、聴いて、話して、慣れるしかないからな。あたしも、日本に引っ越してきた時には苦労したんだ。クラスメイトの日本語、補聴器つけててもよく分かんないし、英語だって話さずにいると、中途半端になるし。自分がナニジンか分からなくなったくらいだ」

そんなふうに言うナオミは、かなりいい先生なのだった。

一度ＧｅＫＯＥＳに参加して、よく分かった。

ＧｅＫＯＥＳは、たぶん、リョウにとって部活動みたいなものだ。いわば、「国際交流部」。世界のあちこちに住んでいる同年代の子たちだから、しょっちゅう会えるわけではないけれど、会った時にはとても濃い時間を一緒に過ごす。

いや、普段も連絡が取れないわけではない。会員専用サイトで近況を伝え合うことができる。掲示板でも、個別メッセージでも、英語が中心だ。リョウの場合、写真を添付して投稿し、話が通じやすいようにしていた。それでも写真の説明には英語が必要だ。

今、リョウがやりとりしているのは、ナオミと、ハッサン、ペネロペ、ローハンの四人だった。全員で五人の「ユニット・ブルーの掲示板」を作り、一日に少なくとも一度は何か書き込みをしていた。

ユニットというのは、ＧｅＫＯＥＳの行動グループのことで、普通、五人だそうだ。なぜ「ユニット・ブルー」かというと……よく分からない。揃いのＴシャツは緑色なのに。

ユニットは基本的に、年間を通して同じ研修に参加する。みんな中学一年生に相当する学年で、たくさんの希望者から選抜された優秀な子たちだった。リョウは、その中に自分がいるのは、亡くなったいとこの「代わり」だと自覚していた。気後れするのは仕方ないけれど、「代わり」と考えれば少し気が楽になった。そして、もっと楽しんで、もっと学ぼうと思うのだ。

　そのためには、とにかく英語！

「ハッサン・イズ・ア・ジョイフル・ボーイ。ハッサンは楽しい奴だって意味な」とナオミが言った。

　その日のナオミのレッスンは、携帯から見られるＧｅＫＯＥＳのサイトからメンバーのプロフィール欄を読み、一人ひとり確認して、感想を英語で言い合うものだった。

「しかし、ハッサンって、すごいお金持ちなのかもしれないぞ。プロフィール写真の後ろ、自宅だっていうけど、でかいプールがある！　雨の降らない国だから、お金がないとこんなにたくさん水を使えないはずなんだ」

　というわけで、ハッサンは、愉快で、お金持ちの子。

「プロバブリー・ヒー・イズ・リッチ。間違いなく、あいつはリッチだ」

　さらに……インドに住んでいるローハンは、無口で謎めいて《ミステリアス》いる。そして、南米出身だと思っていたペネロペは実は北米の子で、とにかく、すごい《マーベラス》！

「ジーニアス・オブ・ランゲージ、言語の天才？　たくさんの言葉、ペラペラなんだよな！」

とナオミは言った。

　ペネロペのプロフィールの、使用言語の欄には、英語、スペイン語のほかに、フランス語、中国語（北京語）、アラビア語、マレイ語、その他、とあった。これだけ話せれば、世界中のほとんどの人と会話ができそうだ。

「おまけに、情報通だ。ほかのユニットの子にもどんどん話しかけて、いろんなこと聞いてる。うわっ、すげっ、サハラ砂漠とか南極に行ったユニットもあるみたいだ。ま、あたしらもそんなとこに行くことになるのかな」

ファミリーレストランの窓から、急行列車が通り過ぎるのが見え、席が少し揺れた。

B島の湿った空気を思い出し、これから先待ってるはずの研修地をちょっと想像したあと、やっぱりここは東京で、リョウが子どもの頃から親しんでいる私鉄が通っているのだとあらためて思った。ナオとの思い出もたくさんある。ほんと、ナオとナオミが似ているのは、どうにかしてほしいってくらい切実な問題だった。

〈はーい、りょう&なお、とうきょうのくらしは、どうですかー〉

いきなり、携帯端末にメッセージが日本語で表示された。噂をすれば、言語の天才、ペネロペだ。漢字はだめでも、平仮名はしっかり理解していて、いきなり送ってくるなんて。おまけに、ナオミのことをナオと略している。まいったなあ。

〈はろー、ぼくらはげんきだよ〉とリョウは平仮名で返した。

〈つぎの、けんしゅう、たのしみ、だねー。Nってくにだって〉

情報通という意味が分かった。ちっちゃくてかわいい子という印象だったけれど、言語の天才で情報通、なのだ。公式な通知前にもう、次の研修先を知っているなんて!

「N国か、まさか、登山しろってわけじゃないよな」ナオミがつぶやいた。


N国は、ユーラシア大陸の南側に突きだした亜大陸と呼ばれる地域の付け根にある。亜大陸というのは、ほとんど大陸と呼んでよいほど巨大な半島で、もともと別の陸の塊だったものがユーラシア大陸本体にぶつかってくっついてできた。ぶつかった部分は、しわがよって世界で一番高い山脈になったそうだ。

日本からだと、いったん乗り換えがあって、首都の国際空港に入る。着陸前に見た風景は、どっちを向いても山だらけで、今回は本当に山登りなのか、と本気で考えた。「必要な装備は現地で支給する」とのことだったから、具体的に何をするのかまだ分からなかった。

国際空港でユニットの全員が揃い、そこから小さな飛行機に乗り換えてさらに飛んだ。高い山々から遠ざかる方向だった。やがて、機内から見える風景はなだらかな草原になって、リョウはちょっとほっとした。きちんと区画整理された畑も見えた。

小さな飛行機は、土がむき出しの滑走路に着陸した。空港というよりも、ただの発着場だ。まわりには草がたくさん生えていた。

さらにそこから二時間ほど、でこぼこした道を四輪駆動車で走った。

やっと到着したのは、小さな村だった。

麦畑が広がる田舎の農村だ。でも、ここが目的地、というわけでもなかった。村の外れには山があった。車も入ることができない細い道をリョウたちはたどった。国際空港で見た山脈とは違う、こんもりした丘ともいえるくらいの山だった。それでも、上りはきつかった。日本を出てから二十四時間近く経っていて体はとても疲れていた。夕方で心細くもあった。三十分ほど歩いて、山の中腹に、細長い建物がいくつかあるのが見えた時、リョウは心底ほっとした。

「ユニット・ブルーの諸君――」研修の担当者が呼びかけた。

首都の空港からずっと付き添ってきてくれていたけれど、リョウたちにまったく関心がないのだと思っていた。とても無口な人で、いつも、何か考えているみたいだったから。

それが、急に熱い口調で話し始めた。

「ユニット・ブルーの諸君、わたしたちの国へようこそ。特に難しいことはないから、黙っていたが、今から簡単に述べておこう。今回の研修は、これから訪ねる村の人たちと一緒に暮らし、理解して仲良くなるのが目的だ。気のいい人たちだから、楽しんでくるといい。そして、いろいろなことを感じ、考えてほしい。三日だけだが、きっと忘れられない滞在になる。ホームステイする宿は、あそこ――」と例の細長い木造の建物を指さした。

「この地方にはよくある長屋《ロングハウス》だ。一棟につき十世帯、百人ほどが住んでいる。きみたちは、一人ひとり、違う部屋に住む家族のお世話になる。どの家族にも、きみたちと同じくらいの歳の子がいる。ほら、楽しくなってきただろう」

細かいことは聞き落としたと思うけれど、だいたいこんなことを言われたはずだ。

やっぱり、ナオミと英語の特訓をしてよかった。これならホームステイ先でも不自由しないだろう。

でも、三十分後、リョウはそれがまるっきり見当違いだと知った。

英語なんて通じない！　当たり前だけど、日本語なんてなおさらだ。

リョウが割り振られた家族は、おじいさんおばあさんから孫まで一緒に暮らしていて、みんなにこにこ話しかけてくれた。なのに言っていることが、全然分からない。とにかく英語でないことだけは確かだった。

言葉が通じないものだから、リョウは何はともあれ、家族の一人ひとりを見分けようと思った。

まずは、元気いっぱいの子どもたち。

年上に見える方から、女・男・女・男・女の順番。一番上の女の子と、その次の男の子が、リョウと同じくらいの歳で、一番小さな子は幼稚園の年少組くらいのようだった。リョウが怖いのか、いつもお母さんの服をつかんでいた。

そして、そのお母さん。ぱっと見て分かったのは、お腹が大きくて、もうすぐ赤ちゃんが産まれそうだってこと。

お父さんは仕事らしくいなかったけれど、おじいさんとおばあさんがお母さんを助けていた。二人とも白髪で、しわだらけだった。顔中くしゃくしゃの笑顔を見るだけで、いい人だと分かった。

本当はもっとちゃんと観察したかったのだけれど、すぐに集中力が切れた。お腹がすいて、くーっと腹が鳴るのが、はっきり聞こえた。

部屋中が笑いに包まれた。言葉は通じなくても、こういうのはちゃんと通じる。リョウも一緒になって笑った。一番小さな子がやっと慣れたのか、リョウのズボンをすっと摘んだ。

きょうだいの中で、一番年上らしい女の子が、白いパン生地をこね始めた。薄く伸ばして、熱した鉄板の上に置いて……あっという間に焼き上がった。カレーみたいにとろりとしたスープも出された。スプーンも箸も使わず指ですくうので、リョウも同じようにした。たくさん豆が入っていて、おいしかった。お腹が減っていたし、ガツガツ食べた。

なんかシアワセーって気分になった。

寝室は別にあるわけではなくて、みんなが思い思いの場所を寝床にした。リョウは支給品のハンモックを吊って、その上で寝袋に入った。十まで数える前に、眠りに落ちた。

理解して仲良くなるというのなら、まずは子どもたちと、だろう。リョウはそう考えた。だから、朝起きて、同じパンの朝食を口に入れると、子どもたちと一緒に外に出た。一番小さい子だけはお母さんと残るらしく、残りの四人と一緒だ。

言葉が通じないのが逆に楽だと気づいた。自分のことを指さして「リョウ」と名前を言っても、女の子たちはくすくす笑うばかり。男の子たちは、すぐに駆けだしてしまって聞いてもいなかった。みんな不思議なことにバケツを持っていた。

きのう来た道を下ると、夕方に上ってきた時とは印象がまったく違った。山の中腹だから、すごく遠くまで見渡せて、一面の緑だ。麦畑だけでなく、ほかの畑や牧草地もあり、すべての土地が使い尽くされている。所々に立っている木々の下には黒々としたものが点々としていた。しばらくしてから牛だと気づいた。

畑にはたくさんの作物が植えられて、牛もたくさんいて、見渡す限り緑で、ここはすごく豊かな土地なんだと思った。ビルが立ち並んで、車がたくさんで、コンビニがいつでも開いていて、という方面の豊かさとはまったく違うけれど、子どもたちは楽しそうに笑っていたし、リョウもつられて笑ってばかりだった。

日本の田舎に似ているところもあった。だから、懐かしいかんじもした。水を張った田んぼがないだけで、田舎ってこんなかんじだよなあ、と思うのだ。リョウの父さんの故郷は農村なので、小さい頃よくおじいさんとおばあさんの家に遊びに行った。

景色を楽しみながら歩いていると、前を行く子たちに遅れそうになった。下り坂を、小走りに走って追い付き、またしばらくすると、遅れてしまい……その繰り返しだった。

坂道が終わって道が平らになった時、ずっと先を男の子たちが歩いているのが見えた。バケツを振り回しながら元気いっぱいだ。それも次の曲がり角で見えなくなった。走って先に行ってしまったみたいだ。残された女の子たちは、一応、リョウのことを気にしてくれていて、時々、振り向いてこっちを見ていた。

やがて、女の子たちは道をそれて、草地の方へ少しだけ入って止まった。

そこには、石で組んだ囲みがあった。

手押しポンプが見えた。ああいうものは見たことがある。井戸だ。男の子たちが持っていたバケツが転がっていたけれど、姿はなかった。

女の子二人が、ポンプの取っ手を上下させると、勢いよく水が飛び出した。バケツはすぐに満杯になった。

お姉さんの方がこっちを見て、仕草で「やってみる?」と聞いた。もちろんやってみた。思ったより重たかった。それでも、体重をかけて取っ手を押すと、水がだーっと出てきた。

なんかキモチイイ！　女の子たちは例によって、くすくす笑っていたけれど。

そのうちに、遠くから声が聞こえてきた。

さっき下ってきた坂道に、ナオミがいた。三人の女の子と一緒だ。すぐ後ろには、ハッサンやローハンやペネロペ。つまり、ユニットの全員！　みんな歳が近い女の子たちに先導されていた。

ああ、そうか！　リョウはいきなり理解した。

泊まった部屋には、水道がなかった。だからこうやって、毎朝、水を汲みに来なければならないんだ。きっと子どもたちの毎朝の仕事で、リョウが泊まった家のきょうだいは、特に早起きだったみたい。

井戸のまわりの女の子たちは、リョウのステイ先の二人を含めて十人くらいになった。全員がバケツを持っており、順番にポンプを押して井戸から水を汲んだ。くすくす笑いながら、楽しそうだった。

「あたしたちも、やるぞ」とナオミが言い、ハッサンが「レッツ・ゴー」と言った。

リョウ以外のＧｅＫＯＥＳメンバーは、透明な容器を持っていた。ビニール製の袋で、蓋と肩掛けベルトがあって、背負えるようになっている。つまり、水を運ぶリュックだ。

「忘れただろ」とナオミが、リョウに同じものを手渡した。

「え、あ……」リョウは口を半開きにした。

そうだった。装備品の中には透明なビニールが畳まれていた。あれがそうだったのか……。たぶん、研修担当者から説明があったはずだけれど、きっとリョウは聞き逃したのだろう。ユニット・ブルーの一人ひとりもポンプを押して、水を満たした。

しぶきが、きらきらと光って、きれいだった。

そして、なぜか、女の子たちは、笑うのだ。

光るしぶきよりも、もっと光っている笑顔だった。

全員が容器に水を満たして、出発。

意外に重かった。そう、水って本当に重い！

たった一リットルで一キログラムあるのだから。家庭用の浴槽でも大きめだったら軽く一トンの水を使うこともある、と聞いた。誰からだっけ……ナオミだ。それも、きのうだった。きっと、水を運ぶ毎朝の日課のことを知っていたのだろう。

「あのさ——」

ナオミがいつの間にか隣にいて、話しかけた。

「あたしらが平均で毎日どれくらいの水を使ってるか知ってるか。驚くぞ」

「そんなの教えてもらったっけ。思い出せないな」

「先進国では、二百リットルだ！　この容器なら、自分が使う分だけでも、十往復しなきゃなんない」と肩で息をしながら答えた。

ナオミは急に真面目な顔になって、近づいてきたペネロペと英語で話し始めた。

一方、くすくす笑う女の子たちは本当に軽やかで涼しげで、時々立ち止まりつつ、本当に十往復くらいできてしまいそうだ。

もっとも、そうはならなかった。日本でのように、湯水のように使うわけでもないし、雨水をためた樹脂製の貯水槽もある。雨が少ない季節には、片道三十分の井戸までしょっちゅう水を汲みに行かなければならないらしいけど、今はそれほどでもない。

女の子たちは、水をそれぞれの家に持ち帰ると、今度は坂を上る方向に歩き出した。リョウたちも、それに続いた。

背中の重みがないから楽！　と思ったら、かなり急な坂だ。体一つでも、すぐ息が切れた。

こっちも三十分くらい歩いただろうか。もう太陽は高く、じっとり汗をかいた。

いきなり視界が開けた。南向きの緩やかな斜面で、草がたくさん生えていた。そして、黒々とした動くものがいくつか。

牛だ。ゆっくりと草をはみ、こちらを見ようともしない。

土地は、山の下の牧草地とは違って狭かった。その分、牛の数もちょうど片手で足りるくらいで、牧場としてはずいぶんこぢんまりしていた。

女の子たちは、斜面の上にある小屋へ向かった。小屋というよりも、雨よけの屋根がついた避難場所といったふうだ。

牛の水飲み場でもあるらしい。雨水をためた瓶から、水を汲み出して、牛が飲みやすい大きさの容器に満たした。

あとは……付近に転がっている糞の掃除！

女の子たちはデッキブラシみたいなものを手にとって、屋根の下にある糞を一ヵ所に集めた。

さっと動いたのはハッサンだ。

女の子の一人から、道具を借り受けた。

「仲良くするには、一緒のことをするのがいいよな」と言った。英語だけど分かった。

リョウははっとして、自分も、ステイ先の女の子から道具を借りた。

リョウとハッサンは、水飲み場のまわりにこびりついている糞を熱心にこすり取り、外に掃き出した。

女の子たちは、ずっとくすくす笑っていた。

笑うっていいなあ、と思った。みんな、かわいいし、やっぱり輝いて見える。

そんなことを考えていたら、つるっと足が滑った。ハッサンとぶつかり、そのまま地面に転がった。

二人とも、糞の上だった。

古くて乾燥していたけれど、結構臭かった。

最初に、笑い声を爆発させたのはハッサンだった。ハッハッハッハッー！　と心底楽しそうで、リョウも一緒にハッハッハッハッー！　と大声で笑った。

女の子たちもくすくす笑いを通り越して、お腹を抱えて大笑いしていた。

するとリョウもどんどんおかしくなって、体をよじってもっともっと笑った。服に牛の糞がつくのもお構いなしだった。

笑い疲れて、立ち上がろうとした時、ナオミたちが、こっちを見ているのに気づいた。

ナオミは口をへの字に曲げて、難しい顔をしていた。快活なはずのペネロペもちょっと困った感じだった。あれ、何か悪いことしたかな、とリョウが思っていると、「うわーっ」と声がした。ローハンだった。

「ひどいよ、ハッサン！」

ローハンの声は裏返っていた。倒れたハッサンに手をさしのべて立ち上がらせようとしたら、ぐいっと引っ張られて転ばされてしまったのだ。

女の子たちは大笑いした。さすがにナオミとペネロペも腹を抱えた。

楽しい時間だった。ナオミの機嫌も直ったみたいだし、空は青かったし、風は穏やかだった。体についた牛の糞の臭いは、しばらく消えなかったけれど。

牧場の手入れを終えて、ロングハウスまで下って戻ったのがお昼前。男の子たちも、ちょうど帰ってきた。みんな頭の上にバケツを載せていた。ぜんぶで十五人くらいいたから、水はさらに補給できたはずだった。

家族全員で昼ご飯をとった。また例のスープと薄いパンを一緒に食べるやつだ。

年長の男の子が、結構英語をしゃべるのに気づいた。スクールがどうしたこうしたって。つまり、午前中は学校だったのか。

午後は、牛を飼っているところより少し下にある麦畑の草抜きをした。これは男の子も女の子も、大人もみんな出てきて、一緒にやった。

結構きつい斜面だったので、リョウは何度も滑って笑いを取った。とりわけ女の子たちは、腹をよじって笑った。

ハッサンが寄ってきて、「ィヴリバディ・ライクス・ユー」と言った。誰もがきみを好きだ、と。かーっと顔が赤くなった。

でも、そう言われて悪い気はしなかった。やはり空は青く澄んでいるし、見晴らしはいいし、小さな麦穂もあと何週間かで実る。そう思うと、満ち足りた気分だった。

何より、楽しい、それに美しい!

水は少なく、食べ物も単調だけど、気持ちのいい暮らしがある。言葉は通じなくても、みんなと仲良くできる。素敵なことだ。

たぶん、こういう風景と時間は、忘れられずに頭の中に残る。女の子たちの笑い声や、きれいな青や赤の服や、水を運ぶ後ろ姿や、家族総出の作業や、背景の草地や、遠くに見える平原や、きらきらした日差しや笑顔や。リョウが、いとこのナオがいた頃のちょっとしたシーンを今も思い出すように、ずっと残るだろう。

胸がじーんとしてしまって、リョウはシャツの内側にある大切なペンダントを手のひらで触った。

仕事を終えると夕方も近く、ロングハウスに戻って、ペットボトル一本分の水で体を洗った。布きれを濡らしてよく体を拭くように身振りで伝えられた。リョウはこれで充分だと思った。夕食はこれまでと同じだったけれど、もっとおいしかった。とにかくお腹がすいていたから。

次の日も、また次の日も、つまり滞在した三日間は、ほとんどその繰り返しだった。毎朝、女の子たちと水を運び、牛の世話をし、午後には農作業を手伝った。

こんな生活も楽しいかも、とリョウはあらためて思った。毎日、必要なことを必要なだけして、たくさん笑って、お腹がすいて、みんなで食べて、それだけで満ち足りる。

それに、家族が夢を持っていることも知った。英語を話す男の子に聞いたのだ。ロングハウスに大人の男の人が少ないのは、山から見える平地の農場主に雇われているから。大人の男は現金を稼ぐ。子どもは学校に行って、もっとお金になる職業を目指す。いつか、お金を貯めて平地に土地を持ちたい……。

四日目の朝には、山の麓まで迎えの四輪駆動車が来ていた。それで、ロングハウスの家族ともお別れになった。

結局、最後まで一番長い間一緒に過ごした女の子たちの名前も分からなかったし、まともに話もできなかった。ただくすくす笑ったり、大声で笑ったり、笑いすぎてお腹を抱えたりするだけだった。それでも充分仲良くなった。一緒になって悪ふざけしたハッサンも同じだと思う。

井戸のところでサヨナラを言った時、リョウのステイ先の女の子が、ひとことだけ、たどたどしい英語で言った。

「ドントゥ・ウォリィ」

気にしないで、ってこと？

意味が分からないまま、リョウは「イエス」と答えた。

いや、英語なんだからノーって言うべきなのかな、どっちが正しい答えなのかな、と思った。

ナオミがなぜかまた難しい顔をして、リョウを見ていた。


飛行機を待つ関係で、これまで山から見おろしていた平地の宿に一泊することになった。会議室でまとめの議論をした。彼らと生活を共にしたあとで、わたしたちにできることはあるか。研修の責任者はそう問うた。

「水道《ウオーターサプライ》」と、リョウは言った。毎日、水を運ぶなんて大変すぎる。

「ロングハウスの屋根に太陽電池パネルを置いて、発電。部屋の照明とか、便利になる」ハッサンが提案した。

ナオミの厳しい目は相変わらずだ。ペネロペも、浮かない表情。

「リョウは気づいていないのか」ナオミはまず日本語で言った。それから、英語に切り替えて「教育《エデュケーション》」と言った。

「男の子だけが学校に行って、女の子は行けないのはおかしいんじゃないかしら」ペネロペが補足した。

「あたし、すごく胸が痛かった。なんで、自分は学校に行けて、あの子たちは行けないのか」と再びナオミ。

リョウは、はっとして身を硬くした。

なぜ、そんなことに気づかなかったのだろう。

変だと思いつつ、リョウは、男子と女子では学校の時期が違うのかな、なんてぼんやり考えていたのだ。

「それでも、太陽電池パネルは必要だよ」とハッサンは繰り返した。

ローハンだけ、むすっと口を閉ざしていた。

夕方までいろいろ話をした。ＧｅＫＯＥＳの研修なんてやめて、そのかわりにあの子たちを学校に行かせられないか。でも、学校に行けない女の子は、実は世界中に何千万人もいるらしい。もちろん、男の子もいる。女の子よりは少ないにしても。

議論は堂々巡りになった。

「でもさ、楽しかったよな。おれ、ああいう生活もいいなあと思ったんだ。みんな笑ってた。国に帰ったら、ああいうふうに笑えない」

ハッサンがぼそっと言って、リョウもそう思う！　と同意したくなった。同時に、ずきんと胸に突き刺さるものがあった。

「すぐに答えが出る問題じゃない」

話を引き取って、まとめたのは研修担当者だ。

「それでも、きみたちはあの様子を見ておくべきだし、覚えておいてほしい。いいかい、あの子たちが不幸というわけではない。けれど、何かがおかしい。そう思っている人は多いよ。きみたちが仲良くなった子たちのことを、どんなふうに感じるか、それが大事だったんだ。もちろん、リポートはちゃんと書いてもらうけどね」

ホテルの会議室の窓から見える夕景は、ちょうど山の背後が真っ赤に染まっていた。

明日も女の子たちは水を運び、くすくす笑いながら山道を歩く。途中に見える風景はとても美しい。そこに残してきたリョウたちの笑い声は本物で、今も響いているような気がする。それは、決して嘘じゃない。でも……。

リョウは胸にそっと手を当て、そして軽く握りしめた。

ナオだったらなんて言っただろうか。

3 ミスター・ロボット

〈ドウモアリガット、ミスタ・ロボットォ♪　ドモアリガット、ミスタ・ロボットォ♪〉

アメリカ人の歌手がなぜか日本語でうたう変な曲が流れている。

そんな中、リョウたち、ＧｅＫＯＥＳのメンバーが組み立てた小さな学習用ロボットは、海に見立てた青い舞台の上の黒い線に沿って走っていく。そして、黒線が途切れたところにある島から、親指ほどの大きさの人形を見つけては、アームで持ち上げ荷台に載せる。人形の救出に成功すると、音楽に合わせて、ロボットは喜びのダンスを踊る。プログラムした通り、なんとかうまく動いてくれている。

「おい、すごいな」とハッサンが言った。「リョウもすごいし、ローハンもすごい。おれたち、わりとイイセン行っているんじゃないか」

「いきなりやれって言われて、こんなにできるとは思わなかったよね！」とペネロペが相づちを打った。

ハッサンもペネロペも、ロボットの「演技」に合わせて、舞台の脇で踊っている。つまり、自分たちも一緒に演技中。なのに、リョウの方を向いて話しかけてくるのだ。Ｔシャツに描かれた地球を抱きしめる子どもたち「ジオ・キッズ」が弾んでいた。

ロボットが人形を助け終えて、曲が変わった。ピアノだけの曲で、すごく調子外れだけど、勢いのあるマーチだ。リョウは一瞬、心臓が跳びはねるのを感じた。

「ロボットマーチ」というタイトルだ。

リョウのメモリカードの中にしのばせておいたのを、誰かが見つけたんだろうか。

ローハンがこちらを見て、にこっと笑った。

ああ、そういうことか……。

ふだんは無口で多くを話さないローハンだけど、この何日か、一緒にロボットを作る中で、気心が知れてきたと思う。たぶん、曲を選んだのはローハン。でも、なぜ？　ただ、びっくりするばかりだ。

拍手がわき起こった。

リョウは、我にかえって、舞台を見た。音楽は終わり、ロボットも動きを止めていた。演技は無事に終わったのだ。

ローハンのはにかんだ顔の向こうで、ペネロペとハッサンは手を取り合って跳びはねた。次には、二人ともこっちに走ってきて、手のひらをバシッと合わせた。

ここは、もっと喜んでいいところ。だって、リョウがはじめて、ＧｅＫＯＥＳのユニットの中で、重要な役割をはたし、成功したのだから。おまけに、リョウにとって大事な音楽である

「ロボットマーチ」まで流してもらえたのだから。

なのに、素直に喜べなかった。

ひとり、みんなから離れて、難しい顔をしている金髪の女の子を見てしまったから。

ナオミはなぜか、今回、口数が少なかったと思う。以前なら、リョウがうざいと思うくらいかまってくるし、ああだこうだと偉そうなことを言った。でも、今回は違った。リョウはそれが気になってならなかった。


新しい研修の予定が知らされたのは、例によって突然だった。

誰よりも早くペネロペが情報を仕入れて、ユニットのメンバー全員にメッセージをよこしたのも前と同じ。

〈次は、これまでと違って、〃先進国〃だよ。でもね、わたし、何がなんだか、分からない。ロボットの国際大会に出るんだって。ほかの人よろしく！〉

ペネロペによれば、研修地は北米のC国。中学生の国際ロボット大会に飛び入り参加する、という。

メッセージを受けたのは、駅前のファミレスでナオミと久しぶりに会っている時だった。N

国から帰ってきたあと、ナオミはずいぶん忙しかったみたいで、なかなか英語のレッスンをしてくれるチャンスがなかったのだ。

携帯端末で受けたペネロペのメッセージを見て、ナオミは「うーん」とうなり声をあげた。

「この研修、意味が分からないな」と言っていたけれど、リョウはむしろ楽しみだった。

なぜなら、競技で使われる学習用ロボットのことを、リョウは少しは知っていたから。GeKOESの方針で、必要なものはぜんぶ現地で準備してあるにしても、昔、自分でも作ったプログラムや、それに関連したデータを小さなメモリカードに入れて持って行こうと思った。

正直、これまで以上にわくわくした。季節外れの冷たい長雨が続く中、心には晴れ間がさして、研修が待ちきれない気分だった。

学習用ロボットは小学生の時、仲の良いいとこと一緒にずいぶん遊んだのだ。だから、本来だったらGeKOESに参加していたはずのいとこのことを、思い出しながら大会に出られる!

「おまえ、ずいぶんうれしそうだな」とナオミに言われた。

「ナオミは、何が気になるの」とリョウは聞き返した。

「なんて言うのかな。目的がよく分かんないだろ」

うーん、と今度はリョウがうなる番だった。

目的がよく分からないのは、いつものことだ。前に訪ねたN国のロングハウスの体験は、リポートを書くのに苦労した。ナオミは、ずいぶん長い「改善リポート」みたいなものを書いたと言っていたけど……。

「それと、きょう思ったんだが――」

ナオミが言って、リョウは我にかえった。

「おまえさ、英語で、もうだいたいの基本的なことは言えるんだから、あとは気合いじゃないか。何よりも、伝えようとする気持ちが大事なんだ。あたしは、助けることはできるが、ここから先、どっちかというと、おまえの心構えの問題の方が大きくなる」

やっぱりナオミは忙しいんだなあ、と思った。それに「気合いが大事」というのも本当だなあ、と。英語で話すのが上手だろうが下手だろうが、その前に伝えたかったり、聞きたかったりする気持ちがなければ、会話は始まらない。リョウはそういうことを理解し始めていた。

駅の改札前でナオミを見送って家の方に歩き出したら、急に後ろから「朝倉くん」と呼びかけられた。

ナオミじゃない。でも、どことなく知っている声だ。

振り向くと、黒い髪の女子が立っていた。ちょうど改札を出てきたところのようだ。

「あ、久しぶり」とリョウは言った。

何ヵ月か前まで小学校で一緒だったけれど、中学受験をして今は私立の中学校に通っている子だった。

「この前も見たけど……つきあってるの？」

いきなり聞いてきた。最初は意味が、まったく分からなかった。

でも、すぐに気づいて、顔が熱くなった。

元同級生の制服は、ナオミとまったく同じものだった。つまり、ナオミと同じ私立中学校なんだ！

「そんなんじゃないよ。英語を教えてもらってて……」

リョウは、慌てて答えた。でも、顔が真っ赤だったかもしれない。

「へえっ、そうなんだ」

元同級生は首をひねって、ふふーんと言った。それから、「鈴木さん、わたしと同じクラスだよ」と教えてくれた。

ナオミ・スズキ・ジェニングス。学校では鈴木さんと呼ばれているのか……それは知らなかった。

本当に変なところで人と人はつながっている。

リョウは、元同級生がリョウのいとこのナオのことを言い出さないことに、ほっとした。ナオはリョウとは小学校が違ったから、彼女は知らないはずだったけれど、近所には違いなかったし、しょっちゅうリョウの家に遊びに来ていたから、見たことがあっても不思議ではないのだ。だから、早めに会話を打ち切って、じゃあ、またねと手を振った。

もっとも、そんなことを気にしていたのはほんの短い間だった。家に帰ると、リョウはロボット大会の準備に夢中になった。眠る前には、今度こそ「気合い」で、たくさん話そうと、英語のフレーズを覚えたりもした。時間が過ぎるのがとても早かった。

研修地のC国の都市へは、直行便があって楽だった。東京の空港で、乗り継いできたローハンと合流し、リョウとナオミと合わせて三人で一緒に向かった。中東のハッサンはヨーロッパまわりで来ることになったらしい。ペネロペは北米在住なので、太平洋も大西洋も飛びこえる必要はなかった。

長いフライトだったおかげで、たくさん眠ることができた。空港で、先に着いていたペネロペとハッサンに会うと、ハローと元気よく言えた。リョウたちよりもずっと長く飛行機に乗っていたローハンや、最近忙しかったらしいナオミはやや疲れ気味だったけれど。

参加する大会は、正式な名称を国際ロボット技術競技会ジュニア部門といって、世界各国で予選を勝ち抜いた中学生のチームが参加する。種目は、スピード、スモウ、サッカー、パフォーマンスの四つだ。ちなみに、スモウとは、相撲のことで、ロボット同士がぶつかり合い、押し合い、相手を横転させるか、フィールドの外に押し出せば勝ち、というルールらしい。

ＧｅＫＯＥＳから特別参加する種目は、「パフォーマンス」に決められていた。つまり、ロボットに「演技《パフォーマンス》」させて何かのストーリーを表現すること。

「テーマは自由、ロボットについても、自律型《オートノマス》であること以外、特別な規定はない。各国の代表チームの競技会に特別参加するのだから、ＧｅＫＯＥＳ諸君にも水準を満たす格段の努力が求められる」

研修担当者は最初のミーティングで説明した。今回の担当者は、強い天然パーマの背の高い男の人で、今までよりずっと迫力があった。力強くはっきりした英語は聴き取りやすかったけれど、みんなはよく分からなかったみたいだ。

「おいおい、自律型《オートノマス》ってなんだ」とハッサンが言い、ペネロペは「わたしに聞かないで」と情けなさそうに肩をすくめた。

「ロボットが自分で判断して動くってことだよ」

リョウが言うと、全員がリョウのことを見た。

「人がリモコンを操作して動かすんじゃなくて、ロボットがいろんなセンサーからの情報をもとにして、自分で判断するんだよ。そういうふうにプログラムするの。たぶん、スモウのロボットだって、相手の位置を探してからぶつかっていくとか、いろいろ自分で考えて、動きを決めるんだと思う」

本当はこんなすらすら言えたわけではないけれど、なんとか英語で言い切った。ナオミの言うように、必要なのは「気合い」なのだ。

「リョウ、すごい！　ロボットのことよく知ってるんだ。ミスター・ロボットだね」とペネロペ。

いや、そんなんじゃなくて……と言おうと思ったら、突然、鋭い声がした。

「今回の研修の目的は？　それを知らないと、あたしたちはちゃんと研修に向かえない」

ナオミだった。すごいなあ、と思う。たしかにその通りだ。単に大会に参加したいのなら、ちゃんと予選を勝ち抜いてくるべきだし。

「よい質問だ」と担当者。

「この大会に出れば、同じ年代で工学的な能力に優れた子たちにたくさん会える。非常に優秀な子たちだ。いずれ、世界を変えるような発明をする子だっているかもしれない。ここで一緒になって熱中して、仲良くなればいい。きみたちは、いずれ工学系や理学系の連中とうまくやる必要が出てくるからね」

なにしろ、ＧｅＫＯＥＳは次世代の世界のリーダーを育てるのが目的なのだそうだから、いろいろなタイプの優秀な人たちとつきあう力がいるのだそうだ。リョウ自身、リーダーになっている自分の姿はまったく想像できないけれど。

「というわけで、今回は体力よりも、頭を使う。がんばってくれたまえ」

そう言い残して、研修担当者はホテルの自室に戻ってしまった。会議室に残されたリョウたちは、自分たちでこれからのやり方を話し合わなければならなかった。

「ミスター・ロボットのリョウに頼るしかないよな」とハッサンが言い、ペネロペもうなずいた。

支給された学習用ロボットは、リョウが一時熱中していたものの最新版製品だったから、どんなセンサーがあって、どんなふうにプログラムするか、たしかにだいたい分かっていた。

ただ、それだけでは、「パフォーマンス部門」に出られるはずもない。

「ストーリーがいるんだよ」とリョウは言った。

「ロボットが演技するんだから、そのためのストーリー。ただ、今から大急ぎで作るから、そんなに複雑なことはできない。そうだ、〝ライントレース〟がいい。黒い線を床の上に引くから、それをセンサーで見てたどりながら、途中で出来事が次々と起こる、そんなストーリーや見せ方を考えてよ」

ここから、さかんな議論が始まった。

とはいっても、ハッサンとペネロペが中心。ナオミは疲れ気味のようだし、ローハンはもともと無口だし、英語のスピードが上がるとリョウもついて行けないし。

結局、決まったシナリオは、こんなかんじ。
・地球が温暖化して海ばかりになってしまい、残された人たちがみんな山に登って孤立している世界へ、宇宙から派遣されたロボットが助けにやってくる。ロボットはスーパーヒーローだ。

・ロボットは、床に描いた黒い線を航路に見立てて、海を渡る。今は島になっている山に近づき、困っている人たちを助ける。

・航路を渡りきって、すべての人を助けると、宇宙に向けて、救出完了の合図のロケットを飛ばす。

リョウは、このシナリオを実現するロボットの形とプログラムを、その夜のうちにだいたい考えた。ベッドの中でも目が冴えて、なかなか眠れなかった。アイデアだけはどんどん湧いてきたから、時々、起き上がってノートに書いておいた。

翌日からは、大会が行われる会場に入って、準備することになった。大きな体育館みたいなところで、当然、すべての参加チームがやってきた。でも、ほかのことを気にしている余裕はなかった。

まず、ロボットの組み立て。宇宙船にも船にも見えるような形にして、タイヤはボディの内側に隠れるようにした。センサーとしては黒線をたどるための光センサー、島を見つけるための超音波センサーなどが必要だった。シナリオ通りの動きをさせるために必要なプログラムは、できるだけ単純にまとめた。コンピュータの画面の上にモーターやセンサーの絵が描かれたアイコンを並べて、条件に応じて動くように指定する。一度は夢中になったプログラムだから、すごく懐かしかった。

リョウが熱中している間、ペネロペとハッサンは、打ち合わせの通り、ロボットが「演技《パフォーマンス》」を披露するための舞台をせっせと作っていた。床は海をあらわす水色で、あちこちにいろいろな形の島があり、それらの間に黒いテープを張り巡らした。「海列車」の線路のようだった。

ナオミも、無口なまま手伝っていた。

ある程度、作業が進んでから、リョウはやっと余裕ができて、ほかのグループの様子を見渡すことができた。

ぜんぶで二十チームくらいは来てるんじゃないだろうか。

視線が合うと、ぷいっとそっぽを向いてしまう子が何人もいた。

「なんで？」とあるチームの子に聞かれた。

「なんで、きみたちは特別参加なの？　ぼくたちは国ごとの予選を勝ち抜いてきたんだよ」

リョウははっとした。ＧｅＫＯＥＳの特別枠というのが気に入らないんだ！

それは分かる。リョウはこの競技会の日本大会のことを、いとこのナオから聞いたことがあった。すごくレベルが高くて、みんな熱心だそうだ。どのチームもここまで来るためにすごく努力してきたんだ。

いくらそっぽを向かれても、リョウはちゃんとほかのチームを見ておこうと思った。

あるチームは、何台かのロボットを人間型に仕立てて、ダンスをさせようとしていた。鮮やかな色の民族衣装を着せ、お互いに通信しながら、音楽に合わせるつもりらしい。

別のチームは、ロボットを犬に仕立てて、人間と散歩に出かけ、途中でうんちをしたり、ほかの犬とケンカしたりしながら、家に帰るまでを、無言で演じるパントマイムで表現しようとしていた。

ああ、そうか、このパフォーマンス部門では、ロボットだけじゃなく、人間も一緒に踊ったり演じたりしていいんだ。ルールにも書いてあったのに忘れてた。

そのことをペネロペに言ったら、すごく喜んだ。じゃあ、わたしも踊るって。ペネロペはノリがいい。

ノートパソコンを置いたテーブルに戻ったら、ローハンが前に座っていた。

そして、「プログラム、だいたい分かった。やってみてもいいかな」と言った。

「いいよ」と答えた。

「このメモリに入っているデータは使っていいよね」

ローハンは、リョウが持ってきたカードを指さした。

「もちろん」

ローハンは、はにかんだみたいな微笑みを浮かべて、すごい勢いでキーボードを叩き始めた。

リョウがさっきまでいじっていた、アイコンを並べて作るプログラムではない。もっと本格的で、ぜんぶ文字で命令を打ち込んでいくプログラム言語だった。

「こんなの、できるんだ……」

リョウが言っても、ローハンはぎゅっと画面を見つめ、まるで聞こえていないみたいだった。


競技会で、ＧｅＫＯＥＳのユニットの出番は一番最初だった。

本格的に準備してきた人たちと別の扱いだから、最初にやってしまいなさい、ということなのだろう。たしかにその方が気が楽だった。

〈ドウモアリガット、ミスタ・ロボットォ♪〉

歌が流れ出すと、演技開始。昔、アメリカで大ヒットしたという、「Mr. Roboto」という曲をペネロペが探してきて、そのままＢＧＭにした。サビが日本語なのに本当にアメリカ人がうたっていて、ネットの動画サイトにいくつも映像があがっていた。

そして、ハッサンとペネロペがその曲に合わせて、ロボットみたいにぎくしゃくした踊りをする中、リョウとローハンがプログラムを書いた「宇宙からの救助船」が海を渡った。

曲が盛り上がるところでは、ロボットもくるりと回転したり、わざと道を失ったみたいに行ったり来たりして、踊っているみたいに見せた。様々な島で人類を救った。

あとは、宇宙への信号になるロケットに見立てた細長いパーツを、輪ゴムの仕掛けで飛ばしたらおしまい。

と思っていたら、続きがあった。

突然音楽が変わったのだ。ぎくしゃくしたピアノのマーチ。

ペネロペとハッサンが、曲に合わせて踊った。宇宙からの使者のはずのロボットも、一緒に踊った。

そして、その後で、やっと救助完了の信号となるロケットが飛び上がった。

これで、演技終了。

天井からひらひらと紙吹雪が落ちてきた。その中には、やはり紙でできた空飛ぶ円盤みたいな宇宙船も混じっていた。

宇宙からのさらなる救援！

リョウは、自分の心臓の音が、ほかの人に聞こえるんじゃないかと思うほどドキドキした。

ロボットの調整に熱中していたリョウが知らない間に、こんな演出をしていたなんて。おまけに、流れている音楽は、「ロボットマーチ」なのだ。

ロボットも、踊っていた二人もぴたっと止まった。

拍手が鳴り響いた。

同時に、まわりに人の輪ができた。さっきまで冷たい目で見ていた子たちが、握手を求めてきたり、「ワンダフル！」と言ってくれたりして、すごくうれしかった。

もっとも、それはたぶん「まあまあ、やるじゃない」くらいの意味。その後に続いたチームはもっとすばらしかった。本当に、一番最初にやっておいてよかったと心底思った。

表彰式では、なんと日本のチームが優勝して表彰を受けた。和太鼓に合わせて、五機のロボットが踊るもので、すごい迫力だったから、納得できた。リョウもうれしかった。

二位はヨーロッパの国で、三位は中国だった。ＧｅＫＯＥＳが入り込む隙間は当然なかった。

それなのに、最後の最後で名前が呼ばれた。

「ベストプレゼンテーション賞、ＧｅＫＯＥＳ、ユニット・ブルー！」と。

ロボットを作り、プログラムする技術はとにかく、表現力が優れていたグループに与えられる賞なのだという。

ええっ、とびっくりした。ロボットもプログラムも、短い時間で作ったものだったけれど、ペネロペとハッサンが派手に演出してくれたから、たしかに見栄えはしたのかもしれない。

「行ってこいよ、ミスター・ロボット」とハッサンに背中を押されて、リョウが賞状と盾を受け取った。

両手で高々と掲げながら、一年くらい前に「ロボットマーチ」を即興で弾いたいとこのナオが、今この瞬間、空の上から、ひょっとすると宇宙から、見てくれているかもと思った。

表彰と閉会式が終わったあと、宿舎に戻りGeKOESだけのミーティング。

リョウはテーブルの上に、たくさんの人からもらった連絡先のメールアドレスを並べた。最初の目標通り、友だちはたくさんできたかも。

研修担当者もリョウを見て、うなずきかけた。

「エンジニアリングの才能では、世界のトップレベルの子たちが参加する大会だ。きみたちも充分な存在感を示してくれた。気の合う友だちが見つかったら、大事にするといい。それにしても、今年はすばらしい結果だったな」

研修担当者は、口元に笑みを浮かべて満足そうだった。毎年、GeKOESのユニットはこの大会に特別参加させてもらっている。中には満足できる結果を残せないユニットもある。今年のチームは、賞までもらい、ほかのチームからの敬意を勝ち取った。つまり大成功だ、ということ。

「リョウとローハンのおかげだね」

パフォーマンスの大まかな方向を決めてロボットを作り、プログラムの方針を決めたのがリョウ。プログラムを専門的な言語で書き直し、なめらかに正確に動くようにしたのがローハン。無口なローハンの得意技が、パソコンとプログラミングだったというのは、納得だった。

そして、もうひとつ。ローハンは、リョウのメモリカードの中にあった例の「ロボットマーチ」を使って、ラストシーンのプログラムに組み込んだのだ。

リョウは曲を会場で聴いたあと、なんだか胸が熱くなってしまって、しばらくぼーっとしたままだった。

しばらくしてから、だんだん実感が湧いてきた。そして、誇らしく思った。大切なとこが、みんなに認められたと感じたから。

それだけじゃない。ずっとリョウは、ＧｅＫＯＥＳのメンバーに圧倒されっぱなしだったけれど、きょうはじめて、リョウ自身もみんなに本当に認められたとも思った。かなり有頂天だった。

「納得いかない」

鋭い言い方で、空気が張り詰めた。ナオミだった。

その声で、リョウは一気に現実に戻った。

ナオミはやはり難しい顔をしている。ただ疲れているのかと思っていたけれど、違う。たぶんリョウとは全然別の感じ方をしているんだ。

「あたしたち、こんなことやっている余裕があるのか。この前だって、学校に行けない女の子たちと会ったばっかりだ。こんなロボット競技をやってる連中は、みんな金持ちの恵まれた奴ばかりだろ」

ナオミは立ち上がり、ぷいとそっぽを向いたかと思うと、そのまま部屋を出て行った。

研修担当者が、「まいったな」と頭を掻き、あとを追った。

「ナオは、繊細《センシティヴ》だからね」とペネロペが言った。なぜか、リョウの方を見ていた。

繊細？

びっくりしてしばらく意味を考えた。いつもリョウには偉そうに話すナオミだから、そんなふうに感じたことはなかった。

でも、急に思い出したことがある。

駅前で会った元同級生の女子が、ナオミについて言っていたこと。

あの時は、「つきあっている」とか言われて、否定するのに精一杯だったけれど、同時に、彼女はこうも言ったのだ。

「鈴木さんって、同じクラスなのによく分からないんだ。学校じゃあんまり話さないんだよね。勉強はできるけど、友だち少ないみたいだし。朝倉くんは、あのなんとかっていう研修ばっかりしてるグループで知り合いなの？　じゃ、仲良くしてあげるといいね」

全然ピンと来なかったから、聞き流して忘れてしまっていた。ナオミが学校ではあまり話さないって、本当なんだろうか……。

「あのさ……」

控えめな声で言ったのはローハンだった。

「最後に使った曲あったでしょ。リョウのメモリカードに入っていたやつ。あれを使えって言ったの、ナオなんだよ」

これも一瞬意味が分からなかった。

ナオというのは、リョウにとっては、亡くなったいとこの名前で、ナオミはナオミだ。でも、ＧｅＫＯＥＳのユニットでは、ナオミはナオと略して呼ばれることの方が多い。

「リョウにとって、きっと大事な音楽らしいから、って言っていたよ。どういう意味？」

ローハンは、何気なく聞いてきた。

リョウは答えるよりも先に立ち上がっていた。

ナオミを探しに部屋を出た。どこに行けばいいのかも分からないのに、足を速めた。

4　赤土の村で

赤茶けた土ぼこりが、舞っている。道のあちこちに大きな穴があいていて、車はスピードを出せない。

空は青色。土ぼこりのせいでくすんでいるけれど、何もさえぎるものがないから、広くてやはり青々しい。所々にずっしりした雲が浮かんでいる。

「アフリカってこういうところが多いらしいよ。土が赤いのは鉄分で、錆の色だって」

物静かにローハンが言った。最近、打ち解けて話すことが多くなったローハンは、実はすごい物知りなのだ。

その一方で、ナオミは黙ったまま、窓の外を見ていた。また、ワゴン車の最後尾に座ったハッサンとペネロペは、移動の疲れのせいかぐっすり眠っていた。

夏休みの最後の週。ＧｅＫＯＥＳの研修先は、なんとアフリカだった。アフリカというと地球の反対側のイメージがあって、知らせを聞いた時には驚いた。

けれど、それは間違いなく本当で、リョウは指定された飛行機を乗り継いで、アフリカの西海岸にあるＧ国にやってきた。

空港で会った今回の研修担当者は、赤毛の女の人で、なんだかやる気がなさそうに「遠くからお疲れさま。怪我のないように、気をつけて、気楽に行きましょう」と言った。

そして、メンバー全員に小さな袋を手渡した。

「前の研修が高く評価されて、初心者のグリーンは卒業。ユニットの色をもらいました」

中には、鮮やかな青のTシャツが入っていた。

「うわーっ」と喜んだのは、ペネロペとハッサンだった。

これまで着ていた緑色のTシャツは、GeKOESに入ったばかりの初心者ユニットのしるしだ。活躍が認められると別の色になると聞いていたけれど、それはユニット名通りの色になるということだったのだ。その後もっと認められると黒色になって、研修をすべて終えると白色のものがもらえるのだとか。違う色があることは、最初の頃にナオミも言っていたと思い出した……。

空港にいる間に、全員が青いTシャツに着替えた。そして、研修担当者の説明を聞いた。

「G国はアフリカの中でも貧しい国の一つで、十年前までは国内で民族同士が殺し合っていました。今は政治は安定したけど、地方に行くとお医者さんが少なかったり、いろいろ問題があります。あなた方のテーマは、G国の人たちについてよく知ること。それから、出会った人たちにとって、何が必要なのか考えること」

だいたいこんな意味の英語だったと思う。ほかにも何か言っていたけれど、本当にやる気のないムニャムニャしたしゃべり方だったので、リョウの耳では聴き取れなかった。

空港から目的地まで、本当に遠かった。最初は舗装されていた道がだんだん穴だらけになっていき、そのうちにアスファルトがなくなって、ただの赤い土の道になった。窓を開けると、土ぼこりが舞い込んできた。

道の両側には、赤土のレンガの建物が立ち並んだ町があったり、森があったり、草原があったり、いろいろだった。町には、黒い肌の人たちがたくさんいた。二人乗りや三人乗りのオートバイが走っており、携帯電話を片手で耳に当てながらの危ない運転も多かった。森や草原に出ると、今度はほとんど人がいなくなり、すれ違う車も滅多になかった。

空港を出た明け方から、午後になるまでそんな風景を何度も繰り返し見た。そして、三時過ぎになると、空に浮かんでいた大きな雲が急に近づいてきた。ダーッと小石がぶつかるような音をさせて雨粒がワゴン車の屋根を叩いた。すごい勢いでワイパーが行ったり来たりしたけれど、前方は煙ってよく見えなかった。自分に近い横側の窓からは、道の上にあちこち小さな川ができて赤い水が流れているのが見えた。

車はのろのろと走った。やがて建物の影が、うっすらと見えてきた。

「やっと着いたわね。何度行き来しても遠いわ」と赤毛の研修担当者が、気だるい声で言った。

車を建物に横付けすると、ちょうど雨がぴたりとやんだ。そして、また空からすごく強い日差しが落ちてきた。目の前にあるのは、レンガではなくコンクリートでできた建物だった。元学校だった建物だそうだ。

　スライドドアがガタッと開いた。リョウよりはちょっと年上の子どもたちがこっちを見ていた。赤いＴシャツ。それも地球を抱いたキッズたちをデザインしたＧｅＫＯＥＳのイラストとロゴが描かれていた。

「ようこそユニット・ブルー！　おれたちはユニット・レッド。ＧｅＫＯＥＳは二年目で、きみたちよりもこの場所に詳しい。分からないことはなんでも聞いてくれ」

　リーダーっぽい男の子はすごく背が高くて、髪は白に近い金髪だった。自信満々で、リョウはなんだかびっくりしたくらいだ。

「ふーん、これが〝二周目〟の連中か」と言ったのはハッサンだ。

　ずっと眠っていたのに、さすがにもう目を覚ましていたみたいだ。

「でも、まだシャツはユニットの色なんだな……」

　ハッサンはぼそっと言って、目配せした。


　雨上がりの夕方、一人でふらりと村を歩いてみた。

　まず……元学校は、村で一番大きく、一番目立つ建物だった。ここにＧｅＫＯＥＳの集会所と宿舎があって、ほかにも、国際支援団体や、小さな診療室や、自然環境保護団体の事務所があった。

元学校が面している赤い道が大通りで、小さなレンガの家が何十軒か点々としていた。道から奥まったところにもいくらか家があった。それでも、村の端から端まで十分か十五分くらいで歩けるほどだった。

村のまわりは丘になっており、それぞれこんもりとした森に覆われていた。猟銃を抱えた髪の白いおじいさんが何人か、籠の中にえものを放り込んで歩いているのを見かけた。えものは、大きなネズミのような動物だった。B島で見たマメジカくらいの大きさで、ネズミだとしたら巨大だけれど、狩りのえものとしては小さかった。

森の方からは、何か動物が激しい声で叫び合うのが聞こえた。木がゆさゆさ揺れて、ザッザッと枝から枝へと飛び移るような音もした。B島のオランウータンが立てる音よりもずっと激しかった。

おじいさんが、ちょっと怖がっているみたいに足を速めた。森を指さしながら「シャンパンゼ！」と言って、村の方に戻っていった。リョウも、さすがにこれ以上、森に近づいてはならない気がして、くるりと方向転換した。

レンガの家が並ぶあたりに来ると、もう薄暗くなっていた。そこで、不思議なものに気づいた。赤土で作ったレンガの外壁に、黒い墨のようなもので大きく数字が書いてあったのだ。

数字を書く練習でもしているのかなあ、とその時には想像した。

ほんの短い間歩いただけで、この村がこれまで知っている土地とはずいぶん違うのだと感じた。分からないことも多かった。

いくつかについては、その夜のうちにユニット・レッドのリーダーが教えてくれた。

彼のことは最初から「リーダーみたい」と思っていたけれど、本当にそうだった。元教室を小さく区切った二人部屋の寮で、ナオミとペネロペ、ハッサンとローハンが同室になった。それで、リョウはユニットの枠を越えてリーダーと同じ部屋に割り振られた。ラッキーだったかもしれない。

「きょうのうちに下見をしておくとはいいことだ。なかなか見所がある」とさっそくリーダーはほめてくれて、リョウの疑問にていねいに答えてくれたのだから。

「ここの人たちがよく狩るのはオオネズミだ。当然食料だ。それから、シャンパンゼは森に住む魔物ということになっている。子どもを食べちゃうこともあるらしいぞ。あと、この村には住所がないんだ。だから、自分の携帯電話の番号を住所代わりに書いている。番号、忘れないように、ってのもあるね——」

などなど。

リーダーは、何をするにしてもテキパキしていた。部屋に電気はなく、ロウソクをつけなければならない。蚊に刺されないように蚊帳を吊る必要もあった。そういったことを、手際よく済ませ、すぐに眠る準備ができた。

「明日からは、我々二つのユニットの競争だが、お互いがんばろう。去年も、おれたちは別のユニットと同じ研修地に入ったことが一度あった。ユニット・イエローというのが相手で、とても楽しかったよ」

そして、爽やかに握手をして、それぞれの蚊帳の中で横になったのだ。

翌朝、リーダーはユニットの仲間たちと、やはりテキパキ、元学校の前にテントを張った。

そして、きらきら光る板を道の脇に置いた。太陽の光で発電するソーラーパネルだった。

しばらくすると、村からたくさんの人たちがやってきて列を作った。なぜか全員、携帯電話を手に持っていた。

ユニット・レッドの一人が得意げに微笑みながら、リョウたちの方を見た。

「ぼーっと見てても、仕方がないぜ。新人は自分でできること探さなきゃ」

リーダーもこっちを向いてリョウたちに声を掛けた。

「おれたちは準備してきたから、今すぐ始めるけど。きみたちもすぐ動いて、何をするのか考えた方がいい。じゃないと何もしないで帰ることになる。ＧｅＫＯＥＳの研修は時間との勝負だよ」

「まあ、いいじゃない。敵にわざわざ教えなくたって」

「敵にならないわよ。わたしたち、二度目なんだから」

ユニット・レッドの中でいろんな声が飛び交った。

「ううっ、ソーラーパネル……」とハッサンがうめいた。

「ほら、おれも、ソーラーパネルがいいって言ったことあったよな。これ、とにかく便利なんだよ……」

そういえば、N国のロングハウスに行った時、ハッサンはそう言っていたっけ。たしかにどこでも発電できるから、便利には違いなかった。

「行くぞ」と言って、肩をつかんだのはナオミだった。

ナオミは、前の研修の国際ロボット技術競技会の時はやる気がなかった。日本に帰ってからも、たまに駅前のファミレスで会ってはいるけれど、気が乗った時に英語を教えてくれるくらいで、ごく短時間でお開きになることがほとんどだった。こんなにやる気を出しているのは久しぶりに見たかも。

「あいつら、ソーラーパネルで、携帯電話を充電するつもりなんだ。あたしは、ああいうのはだめだと思う」

「それのどこがだめなんだ。すごくいいじゃないか。携帯電話が使えるとうれしいはずだ」とハッサンが抗議した。

「そうだね……貧しい国では、固定電話が広がる前に、携帯電話が普及するらしい。うちの国でも田舎に行くとそうだ」

ローハンが珍しく割って入った。

「アンテナ立てるだけでつながって、国中に電線とか引かなくてもいいから。だから、ここにも携帯電話がある。でも、充電しようにも電源がないみたいだね」

たしかに、この村の人も、家の壁に携帯電話の番号を書いているくらいだから、携帯電話は持っている。でも、電力は不足している。元学校では、昼間は電灯をともさず、夕方になると小型の発電機を回して灯りをつけた。それも、夕食後には消してしまった。村の人たちが住んでいる家は真っ暗で、灯りはどうしているのだろうと、リョウは不思議に思っていた。そして、実際に携帯電話の充電に苦労するくらいだったとは！

「でも、なんで、携帯電話がいるの？　こんな小さな村なのに。電話する相手なんてせいぜい家族か友だちくらいじゃない」リョウは素直に思ったことを言った。

「携帯電話がないと困るよぉ」とペネロペ。

何かとても情けなさそうな顔をしていた。それがすごく説得力があった。彼女はいつも、携帯端末からＧｅＫＯＥＳのサイトに入って、いろいろなユニットと交流している。リョウだってそれを使っているのに、忘れていた。

「どっちにしたって、あたしたちが今からソーラーパネルを準備するわけにはいかないだろう」

ナオミが言って、場がびしっと締まった。

「あたしたちは、この村のことをもっと知らなきゃならない。あたしは、ユニット・レッドの考えは、どこか違うと思う。でも、今のままじゃあたしらも大したことできない」

ナオミが強く言うと、ローハンが静かにうなずいた。

「ナオがそう言うなら、きっとそうだよ。じゃあ、どうすればいい？」

「この村のことを知らなきゃならないのは確かだな」とハッサン。「チームに分けて、情報を集めた方が確実だ。また、リョウとナオ、ほかの三人でいいだろ。リョウたちは、日本語で話せて便利だろうし」

ナオミは何か言いかけたけれど、その前にハッサンたち三人がすたすたと行ってしまった。

リョウとナオミは、村の反対側を調べることにした。

ナオミが大股で歩いて、リョウがその後に続いた。

赤いレンガの家々が立ち並ぶ路地は、すごく静かだった。ニワトリが首を前後に振りながら家と家の間を行ったり来たりしていたり、痩せた猫が家の陰でぐったり眠っていたり、ただそれだけ。さっきは、携帯電話の充電のためにあれだけ人が集まったのに、どういうことなんだろう。

十分くらい経って、はじめて一人の男の人とすれ違った。肩に大きな鎌を抱えていたから、きっと農作業に行くのだ。

「ハロー」と挨拶したら、

「ボンジュール」と返ってきた。

あ、そうだった。この国は、昔フランスの植民地で、今でもフランス語が公用語なのだ。

「あたしは、フランス語はしゃべれない。言葉が通じないんだったら、できるだけいろんなところを見て、感じた方がいいよな。だから、あたしたちも別行動にしよう」

返事も待たずナオミは行ってしまった。ええっ？　と驚いている間に、リョウはその場で一人きりになった。

でも、たしかに……英語が通じないのなら、ナオミが一緒でも、自分一人でも、大して変わらない気がした。


夕食後の七時過ぎ、ユニット・ブルーは、ロウソクの光のまわりに集まった。元学校の教室が打ち合わせ用に使えて、いくつかあるテーブルの一つを選んだ。

「さあ、見てきたものを話し合おう。あたしたち五人の知恵を出し合ったら、レッドの連中にだってきっと勝てる！」

ナオミが、いきなり言い出した。ロウソクの火を映し、目がきらきら光っていた。

「おれたちは、ちょっと発見したよ。ローハンに話してもらった方がいいかな」とハッサン。

このグループで、議論を仕切るのは、たいていナオミとハッサンだ。かといって二人がリーダーというわけでもない。みんなの得意分野がはっきりしているからかも。

その時、ユニット・レッドもちょうど部屋に入ってきて、別のテーブルで作業を始めた。パソコンは昼間充電しておいたものらしく、画面の光がロウソクよりも明るく部屋を照らした。何かいろいろ打ち込んで、記録を作っているみたいだ。後々リポートを書くのに便利なのだろう。

「ええっと……ぼくたち見つけたんだ」とローハンが静かに言い、リョウはまた自分のテーブルに視線を戻した。

「村の外れの丘の近くに、昔、支援団体がつくった建物があって、そこにちょっと古いコンピュータがいくつもある。古いといってもまだまだ使える。でも、ウイルスのせいでＯＳが壊れてて、インストールし直してあげないといけないみたい」

「ウイルスってさ、つまりネットにつながっていたってこと？」とナオミ。

「たぶんね。携帯の電波を使うんだと思うよ」

「それを直せば、村のみんなの役に立つんじゃないかな」とハッサンが話を引き取った。

「うーん、ユニット・レッドがやっているのと変わんないよな。モノを残しても、そのうちに壊れる」とナオミ。

「じゃあ、ナオはどう思うわけ」とハッサン。

「パソコンが使われなくなった理由ってウイルスだけなのかな。この村では必要なかったんじゃないか。まず、村の家を回って何が必要なのか聞き取って……」

「じゃ、それもやろうよ！」とペネロペがうれしそうに声をあげた。ペネロペは、人と話をするのが大好きだし、フランス語もできる。話を聞くなら、彼女が中心になる。

「決まりだな。みんなで一軒一軒行こうぜ」とナオミが言った。

「で、リョウはどうなの」とハッサン。「ランチにも戻ってこなかったし、夕方も帰ってくるの一番遅かっただろ。すごい夕立だったから、みんな心配した」

「うん、それなんだけど。ナオミが言うみたいに、一軒一軒、村の家を訪ねるのはいいと思うんだ。でも、みんなで聞き取りをするよりも――」

リョウはゆっくりと話し始めた。

ナオミと別れてから、体験したことだ。

リョウは、しばらく一人で、村を歩いた。すると太陽が高くなってきて、ずっと外にいたら、日焼けどころか火傷になってしまいそうだった。

レンガの家の陰に入ってしばらくじっとしていると、中から体の小さなおばあさんが出てきた。肌は黒くて、髪の毛は真っ白だった。リョウに気づいて、身振りでこっちにおいでと招いた。

家のひさしの下にはレンガのカマドがあり、上には鍋が三つ置いてあった。そのうちの一つの蓋を取ると、赤い油のスープで野菜が煮込んであった。もう一つも、同じ色をしていて、何かの肉が見えた。そして、最後の鍋は米だった。この辺の人たちも米を食べるのだ。

おばあさんは、皿にご飯を盛り、その上に二種類のスープをかけ、リョウに差し出した。食べろと仕草で示した。

野菜のスープには、魚を干したものが少しだけ入っていた。スープのだしになっている程度だったけれど、日本の味に近くておいしかった。肉のスープの方は、小さな骨のせいで苦労した。こんな細かな骨って……すぐに気づいた。

前の日の夕方に見た、おじいさんたちの「えもの」？　つまり、大きなネズミ！　ちょっと気持ち悪かったけれど、食べた。気にしなければ、わりといけると思った。

食事が終わると、おばあさんは家の前にちょこんと座った。すると、黒い顔がいくつも現れて、近づいてきた。みんな男の人で、手に鎌や鋤を持っていた。ついさっきまで畑仕事をしていたのだろう。ズボンや手に土がついていた。

不思議なのは全員、髪の毛が白いこと。若い人がいないのだ。おばあさんは、一人ひとりのためにご飯をよそい、その上に赤いスープをかけた。リョウもごく自然に、手伝っていた。

みんな、リョウが知らない言葉で話し、笑いながら食事した。たぶん、フランス語でもなかった。この辺の部族の言葉があって、村の人同士はそれで話す。同じ国の中で何十も違う言葉があるから、公用語にフランス語を使っていると聞いた。

賑やかな食事が終わると、みんな使い古されたぼろぼろのお札をおばあさんに手渡して、消えていった。リョウはおばあさんを手伝って、食器を近くの川で洗った。

リョウが、そろそろほかのところにも行ってみようかなと思っていると、おばあさんが手を取って引っ張った。家の中へ入れというのだ。

レンガの家には小さな窓しかなくて、昼間でも薄暗かった。電気の照明はもちろん、ロウソクもないようだった。それでも、目が慣れてくると、部屋の中の様子が分かった。木の椅子と小さなテーブルがあるだけだった。壁には板が掛けてあり、プリンタで印刷された写真が貼り付けてあった。

家族写真だ。今より少し若いおばあさんがいて、隣にいるのがだんなさんだろう。もう大人になっている子どもたちもたくさんいた。小さな孫たちも！　なのに、なんで、おばあさんは今、一人なんだろう。写っている子には、まだ学校に行く歳の子もたくさんいるのに。そもそも、なぜこの村の学校は「元学校」なんだろう。

急にザーッとすごい音がして、雨が降ってきた。

いつの間にか椅子に座ったまま眠ってしまおうとしていたおばあさんが目を開き、リョウに話しかけた。雨がやむまでここにいろとか、そういう意味らしい。そして、写真を指さして、何か説明を始めた――。

つまり……みんな遠くに住んでいて、おばあさんだけがここに残っている。だんなさんは、たぶんもう亡くなった。だから、おばあさんは、この薄暗い家に一人でいて、お昼には近くの畑を耕している村のお年寄りにご飯を出して暮らしている。言葉は通じないのに、リョウは身振りや雰囲気も含めて、そういうふうに理解した。

子どもたちや孫たちに会えなくて、寂しくないのかなあ、と思う。

そりゃあ、寂しいに決まってる。おばあさんの目は、にこにこ笑っているのだけれど、それでも、時々、ふと遠くを見るような目になるのだ。

リョウは、ただ笑いかけるしかなかった。

会話にならない会話が切れた時に、リョウは無意識に鼻歌をうたった。本当に、何も考えずに、口をついて出てきたのは、「大きな古時計」だった。

〈大きなのっぽの古時計、おじいさんの時計〉と、うたうやつ。

おばあさんは、曲を知っていた。もともと日本語の曲じゃないのだ。

だから、おばあさんはフランス語で、リョウは日本語で、うたった。

そのうちに、おばあさんは、フランス語ですらない言葉に切り替えた。部族のもともとの言葉なのだろう。お互いに、分からない同士なのだから、何語だって歌は歌なのだ。リョウは楽しくなってきた。

変な合唱だった。うたっているうちに雨がやんだ——。

というのがリョウの一日だった。

ユニット・ブルーのみんなに説明してから、提案した。

「この村は、若い人たちが何かの理由でいないんだよ。小さい子もいない。だから、おばあさんは、ぼくを家に入れてくれたんじゃないかな。言葉が通じなくても、身振りで話せて、楽しいんだよね。うん、言葉は問題じゃないと思ったんだ」

ナオミがほうっ、と口を丸くして、こっちを見た。

「いいんじゃないかな」と言ったのはハッサン。「ペネロペとナオとリョウは、家をめぐる。ペネロペはナオが言ったみたいに、何が必要なのか直接聞いてみる。リョウとナオは言葉が分からなくても、身振りでもいいから、いろいろ話をする。おれとローハンもパソコンが片付いたら合流する。オーケイ？」

みんなオーケイと答えた。

翌日、ローハンとハッサンは、丸一日かけて、パソコンを直した。

翌々日は、全員で、朝から村を回った。ペネロペは、フランス語どころか村の言葉も簡単なものを覚えて、お年寄りたちを驚かせた。ペネロペに任せておけば、村のことはだいたい分かると思った。

それで、リョウは、午後、一人で村を歩くことにした。会った人と身振りで話したり、歌をうたったり。やはりほとんどがお年寄りで、目頭に涙を浮かべて、抱きしめてくれる人もいた。

最終日の夕方、リョウは村に一番近い丘に登った。

なぜそういうことになったかというと……ナオミが一人で出かけてしまったからだ。

「ちょっと散歩してくる。丘の上まで行ってみたいんだ」と書き残して。

暗くなる前に連れて帰ってくるように、リョウは赤毛の研修担当者から頼まれた。

「本当はわたしが行くべきなんだけど、わたし、あの丘に登ったら、疲れ切って降りてこられないわ。悪いけど、おねがい」と。本当に投げやりなかんじの担当者なのだ。

もちろん、ナオミは携帯電話を持っている。でも、電源を切っているらしく連絡がつかなかった。

丘の上にはぽっこりとした赤い岩があって、よじ登って座るにはちょうどいい大きさだった。その上に金髪を風になびかせた女の子がいた。膝を抱えて、村を見おろしていた。

「明るいうちに戻れ、だって」リョウは話しかけた。

「森に魔物が出るんだろ。ペネロペが村のお年寄りから聞いたって。迷信だろうけど、ここにいると迷信も信じられるな」ナオミはこっちを見ないで答えた。

「みんな心配してる。携帯、切っちゃだめだよ」

「あ、悪い。日本での癖だ。あたし、一人になりたくなると、電源切っちゃうから」

ナオミはポケットから携帯電話を取り出して電源を入れた。

そして、また村を見おろすと、ぼそりと言った。

「結局、リョウが正しかった」

意味が分からず、リョウは言葉が出なかった。

「正直さ、あたし、何やってんだか。一人でからまわりしてるよな」

「そんなことないよ」リョウは言ってから、気がついた。耳の聞こえが悪いナオミは補聴器を使っている。だから、いったん立ち上がって場所を替えた。

「気にしないでくれよな。あたし、今、話したいってわけでもないから」

「ナオミ、ずっと変だよね。前の研修の時から」

ナオミは前回の研修の最後の話し合いの途中で、部屋を飛び出してしまった。みんなで心配して、見つけたのはリョウだった。ナオミは、宿泊中のホテルの展望ラウンジで一人外を見ていた。

「あたしは、役に立ちたいんだ」すごく小さな声で言った。

「え?」リョウは顔を上げて、ナオミの横顔をまじまじと見た。

「でもさ、はっきり言って、リョウより役に立ててない。悔しい。情けない」

リョウは言葉に詰まった。ナオミにライバルに思われるなんて、あり得ない！　ナオミは、リーダーシップがあって、強気で、面倒見がよくて、リョウよりずっとすごいのに。

「ナオミは、なんの役に立ちたいの」とリョウはなんとか聞いた。

「何なんだろうな。とにかく人の役に立ちたい。あたしさ、耳悪いし、人に頼ってばかりしてきたから。小学校二年生の時にアメリカから日本に来て、日本語についていけなくて、よく授業止めてた。おまけに、耳が悪いから、先生は必ずヘッドセットをつけて授業してくれてた。それを忘れたらわざわざ職員室まで取りに行ってくれて、やっぱり授業止めてた。だからさ、中学生になったら人の役に立てるようになろうと決めてたんだ。GeKOESに受かって、地球中の困っている人の役に立てるかもしれないと思ってたのに……」

リョウはナオミの隣で横顔を見たまま、膝を抱えた。

ナオミは、人に頼ってきたから、人の役に立ちたいという。

人に頼ってきたというなら、リョウだって一緒だ。小学生の頃は、父さんと母さんが言うことは、だいたい正しいと思っていた。私立中学に進学した方がいいと言われて、その通りに受験もした。面接をすっぽかして不合格になって、がっかりさせてしまったけれど。それでも、GeKOESに選ばれたことは両親とも喜んでくれたから、リョウは背中を押されて参加したのだ。人の役に立ちたいなんて考える余裕もなく、なんとかみんなについてきた。

「リョウのいとこって、すごい優秀だったんだってな」とナオミはいきなり言った。

リョウはごくりと唾を飲み込んだ。

「いや、その子だったら、ここでどんなことをしただろうって思って。音楽も得意だったたって聞いてるし……」

いったい誰がそんなことを教えたんだろう。

あ、小学校の同級生が、ナオミと同じ私立中学に行っているんだった。それにしても、音楽が得意って……あ、そうか、同じピアノ教室！　あの子もピアノを習っている子だった！

「うーん……」リョウは思わず言葉を濁した。

ナオは、将来、医者になりたがっていた。ここにいたら、何をしただろう。

でも、まだ医者になっているはずもなく……きっと、ぼくらとそんなに変わらなかったんじゃないかな。そうだ、ピアノだけじゃなくて何をやらせても楽器はうまかったから、お年寄りの前で即興演奏したりしたかも……そう言おうと思った時、携帯電話の着信音が鳴った。

「えーっと」間延びした声で、でも、すごく苛々したふうに言うのは研修担当者だった。

「丘の下から双眼鏡で見える。あなたたち、そろそろ降りてきなさい。夜になると、丘の森には、魔物が出る。ここはアフリカなんだ。油断しちゃいけないわよ」

わけが分からない！　と思ったけど、たしかに暗くなるまでには帰らなきゃ。

「ナオミ、行こう！」

リョウは赤い岩を飛び降りた。ナオミも素直に続いた。

丘を下る道は、空が明るい限り間違えようもなく、はっきりくっきりしていた。

でも、村の逆側の丘に太陽がストンと落ちてしまうと、急に薄暗がりになった。本当に魔物が出てもおかしくない。それほど、森の奥は暗かった。

薄暗がりの中で、ドンドンと木を叩く音が聞こえ、何かが叫び合う声が響いた。

これが、魔物だというのだろうか。

リョウはナオミの手を取った。

自分が怖かったのが半分、ナオミをちゃんと連れて帰らなきゃと思ったのが半分。

ナオミが手を握り返してきた。ナオミも怖いのだと分かった。

道の何メートルか先を黒い影が横切って、リョウはすぐさま足を止めた。

魔物！

さーっと、いくつもの黒い影が続いた。

人間よりは少し小さい。四本足で歩いている、というより、すっと伸ばした手をグーの形で地面につけていた。姿が見えたのは、細い道を横切るごくごく短い間だった。人間ではないけれど、ちょっと似ている気もした。

「シャンパンゼ」とリョウはつぶやいた。

森の中にいるうるさい魔物、シャンパンゼ。森の木が揺れて、また叫び声が聞こえたから間違いない。

「ああ、チンパンジーか。ここにもいるって、誰かが言っていた。シャンパンゼは、フランス語読みだろ」とナオミも気づいた。

なるほど……とりあえず、魔物の正体が分かると、ほっとして、二人は先を急いだ。

研修担当者と、ユニット・ブルーのほかのメンバーが森からの道の出口で待っていた。

「ヘイ、とっととメシ食おうぜ」ハッサンが陽気に言った。「その後で、ユニット・レッドと講評会だとさ。早く食べろとせっつかれてる」


元学校の会議室にリョウたちはいる。講評会が終わったばかりだ。

「この村はもう何度も、ＧｅＫＯＥＳの研修に使わせてもらっているけど、お年寄りたちがこんなに喜んだのははじめてね。青シャツの子たちをまたよこしてくれって何度も言われた」

研修担当者は、少しはうれしいのか、笑顔を見せた。

「ユニット・ブルーはまた好成績。なかなかの快進撃ってことになるわね。ま、黒Ｔシャツをもらって次のレベルに行くのはまだまだ先だけど」

ユニット・レッドのリーダーがやってきて、リョウを見た。

「うまいことやられたなあ。携帯の充電サービスは自信あったんだが、今回は負けたよ」

そして、わざわざリョウに握手を求めた。

「〝一周目〟のユニット・ブルーのことは、噂になっていたから興味津々だった。違ったタイプのリーダーになれるメンバーが何人もいるのに、けんかもせずにうまく協力し合って、すごくいい成績を出すんだって？　今回、近くで見てて納得したよ。おれたちのソーラーパネルは、ここに置いていってもいずれ壊れるってのは本当だ。その点、きみたちがやったことは、お年寄りの中に思い出として残る。この村の若い人たちは、鉄鉱石やアルミの原料になるボーキサイトの鉱山で働いていて、年に何回かしか戻らない。だから、みんな寂しいんだろうな。話し合いを大事にするきみたちの勝ちだ」

リーダーはほめてくれたけれど、ユニット・レッドのほかのメンバーは、こっちをにらみつけていた。

「実はさ、おれたち、黒Tシャツをもらえるかもしれない、ぎりぎりのところだったんだ。でも、〝一周目〟のきみたちに、評価で負けたんじゃだめだな。ま、仕方ない。実力だから」

リーダーは自分のユニットの輪の中に戻り、会議室から出て行った。

ロウソクの灯りの中で、リョウは、ハッサン、ペネロペ、ローハンとハイタッチした。

ナオミだけ、灯りのない暗い村を見おろす窓を見て、考え事をしているようだった。

5　洞窟の奥から聞こえる声

発掘と聞いて想像していたのは、何億年も前の生き物のことだった。荒野のどこかに大きな恐竜の化石が埋まっていて、それをていねいに掘り出すのが今回の研修なのだと。リョウは小さい頃、恐竜が大好きだったから、最初はすごく楽しみだった。

ちゃんと指示書を読めば誤解だと分かったはずだ。でも、それを読む前に、わくわくする気分を吹き飛ばす出来事があった。飛行機の中でもずっと頭に引っかかっていて、経由地の北米の空港でペネロペと合流した時も、リョウはまだうわのそらだった。

「ああ、どうしよう」といきなり言ったペネロペは、泣きそうな顔をしていた。

「わたしたちの今度の研修、一番、評判が悪いやつだよ。ああやだ、なんで、わたしたちがそれに当たるんだろう。ローハンとハッサンはもう着いているはず。便の関係で、わたしたちの方が一日遅くなるから。あの二人が、要領よく切り抜ける方法を見つけてくれてたらいいなあ」

「ぼくは、小さい頃、近所の河原で、貝の化石とか探して遊んでたよ。化石を発掘するのってそんなに嫌かなあ」リョウはまったくかみ合わない返事をした。

「そりゃ、化石だったらいいよ。でも、出てくるのは……」

ペネロペは言葉を濁した。リョウとしても理由をきちんと聞きたい気分ではなかったので、そのままになってしまった。

P国は南米大陸の西側にあって、海岸沿いの狭い平地のほかは、だいたい山地だ。アンデス山脈と地図には書いてあった。目的地はこの山脈の東側、つまり、海とは反対側だった。ちょうどアマゾン川の源流に近く、町全体がよく霧に包まれる。海抜は二千メートルを超えるそうで、この高度なら雲も霧も一緒だ。低地から見上げると雲がかかっているように見え、実際にその中にいると霧のように思えるだけのこと。

研修担当者は、無精髭を口にも顎にもたくわえた、浅黒い肌の、小柄な男の人だった。リョウたちに会うなり、「きみたち、最高の時に来たな。ちょうど新しい発見があったばかりだ」と上機嫌に言った。

「先に来た二人にはもう働いてもらっている。しかし、なぜ四人なんだ。ユニット・ブルーは五人だと聞いている」

リョウとペネロペは顔を見合わせた。

「一人は、休みです」とリョウは言った。「いろいろ考えたいことがあって、今回は休むそうです」

「まったく、このチャンスを逃すなんて、本当にもったいないことを！」

研修担当者は、心底、残念そうだった。

「まあ、無理に連れてくるわけにはいかないからな。来た連中で、楽しくやろうぜ！」

一転して、また楽しそうに切り返した研修担当者は、根っから陽気な性格みたいだった。

ナオミが研修に行かないと伝えてきたのは、出発の直前だった。泣きそうな、怒ったような、フクザツな表情で、「あたしは、今回は行かない。行っても、意味がないと思う。意味がない研修には行かない」と言い切った。

すごく思い詰めている様子だったし、リョウは何も言えなかった。

結局、リョウは一人で飛行機に乗り、ユニット・ブルーは今回は四人だけになった。自分が身につけている地球と子どもたちの青いＴシャツが、うらさびしかった。

現地に入って、陽気な研修担当者に会って、何かすごいものに出会えるんだ！　と思っても、もやもやした気持ちはなかなか消えなかった。


洞窟の中はひんやりしていて、どこまでも続いているように見えた。

あちこちにライトが灯されているし、ヘルメットにもヘッドランプがあるから迷子になることはなさそうだ。ＧｅＫＯＥＳの研修の安全性評価をクリアしているから大丈夫、とハッサンが言っていた。

それにしても、ハッサンもペネロペもいつものように楽しそうではなく、なんだかおかしなユニット・ブルーだ。

理由の一つは、どこまで続いているのか分からないほど大きな暗い洞窟にいるから。これは慣れないと不気味だ。

リョウは、いとこのナオがまだ元気だった頃、近所の「怪しいおじさん」と一緒に、地球の中心や反対側にまでつながっているかもしれないと思うほど深い洞窟に入ったことがある。その時にナオが見つけたバラ輝石、ロードナイトと呼ばれる鉱物は、宝石みたいにきれいで、リョウはお守りにしていつもペンダントにして身につけている。

あの時のことを思い出したら、むしろ洞窟は落ち着く場所だった。この暗闇の奥は、日本の洞窟につながっているんじゃないかって、あり得ない想像をしてしまうくらいだ。

でも、これはリョウだけの特殊な事情で、ほかの三人には当てはまらない。それに、みんなが無口なのは、洞窟だからというだけではなくて……二つ目のもっと大きな理由がある。

つまり、ここは、発掘中の、お墓、なのだった。

発掘と聞いた瞬間に、恐竜を想像したリョウは完全に間違っていた。このあたりの人は昔、洞窟の中に死んだ人を埋葬した。そして、地元の人も忘れてしまった古い墓が時々発見される。

今、ユニット・ブルーが歩いている洞窟の墓は五百年くらい前のものだそうだ。発見した人は、今回の研修担当者だというから驚いた。今までは、ずっと研修を見守るためだけに、GeKOESの本部から大人が派遣されていたのに、今回は違う。

「とにかく、おれが言われているのは、発掘を通して、人類の過去と未来を考えさせてほしいってことだな。おまえら、運がいい。洞窟の中で墓地の新しい区画が見つかって、ちょうど調査を開始したところだ。助手をつけてやるから、安全面はすべてそいつに従うこと。あとは、きちんと地図を作って、どこに何体あるかはっきりさせてくれ」

そんな指示をもらって、さっそく、洞窟の中に放り込まれた。

そりゃあ、緊張する。いきなり、墓地の洞窟を調査しろと言われたのだから。

リョウ、ペネロペ、ハッサン、ローハンの四人は、先導してくれる調査助手と一緒に、「新しい区画」を歩いた。わりと入り口から近いところにあるのだが、うまく隠されていて最近まで気づかれなかったのだそうだ。

調査助手が「ここから先はまだ探していない」と言った場所から、ほんの少し行くと、先頭を歩いていたローハンが立ち止まった。

「見つけた」とささやくように言った。それでも洞窟の中では、大きく響いた。

「ひっ」とペネロペが一歩後ずさった。

それよりも大げさなのがハッサンで、「うわーっ」と走りかけて、尻餅をついた。

リョウだって、落ち着いていたわけじゃない。

ローハンが「見つけた」と言うのは、ここが墓地である以上、つまりは遺体で、さらに言うと、この墓地の遺体は、骨ではなくてミイラ、なのだった。

本当に、恐竜とミイラでは、同じ発掘でも大違いだ！

ハッサンを、リョウとローハンが両側から手を引っ張って立ち上がらせた。それだけでなく、ペネロペも体を寄せてきたから、四人が全員、体のどこかをくっつけあった。

誰かが震えているのがリョウの体にも伝わってきて、自分も震えている気がした。

だって、やっぱり、ミイラは不気味だ。

洞窟の近くにあるプレハブの研究所には、空調がきいた部屋があって発掘されたばかりの保存状態のよいミイラが並べられていた。

はじめて間近に見るミイラは、たぶん、ガイコツよりも迫力があった。ペネロペが空港で怯えていたことが、はっきりと分かった瞬間だ。

「すげっ」と言ったハッサンを除いて、リョウもペネロペもローハンも、何も言わずに立ちすくんだ。

それは、モノ、とは言えなかった。

化石だったら、モノ、だと思うのだけれど、目の前にいるのは、ヒト、だった。

皮膚はぱりぱりに乾いて骨に張り付いていた。手足を折り曲げて小さくまとまって、なぜか叫ぶような苦しそうな表情をしていた。

研修担当者は大げさな身振りをしながら、ミイラについて説明してくれた。

世界には三大ミイラ地帯というのがあって、一つはエジプト、もう一つは中国西域の砂漠地帯だ。

そして、最後の一つは、南米P国を中心とした地域。ヨーロッパ人に滅ぼされた大帝国が広めた風習で、もともと海沿いにある砂漠の文化だったものが、いつも霧が出ているこんな湿ったところにまで広がった。腐らせずにミイラにする技術は不明。つい最近、墓地が見つかったばかりで、研究はまだまだこれからだ……。

と、だいたいこんなかんじ。例によって、リョウの耳は英語についていけず、聞き逃しはあったかもしれない。

なんで、こんなに楽しそうに説明してくれるのだろう、と思った。ミイラたちは、みんな苦しそうな顔で叫んでいるのに。

すると、研修担当者が、疑問を察したのか付け加えた。

「口のまわりの筋肉が死後に硬直してこんなふうになる。別に苦しんで亡くなったのではない。それと、ミイラは死んでいるんだが、生きている。それを忘れずに接してほしい」

結局、何がなんだか分からないまま、洞窟の中に送り込まれたのだった。

ローハンが「見つけた」と言った場所は、みんなが立っているところから五メートルほど先だった。ライトを向けてみると、洞窟が窪んだあたりに、岩ではない何かがたくさん転がっていた。

卵？　それも恐竜のものより、ずっと大きな卵？

「心配ないよ。ミイラがむき出しで埋葬されているわけじゃないんだ。ほら、みんな布に包まれている」

ローハンだけがやたらと冷静で、足を進めた。布は、膝を折って小さくまとまったミイラをぐるぐる巻きにしたもので、全体として卵の形に見えた。そういった「卵」が、窪みの中にぎっしり詰まっていた。それらをいくつもひとまとまりにして紐でしばってあって、これは一族なのかなあと思った。

ひんやりしたものを頬に感じた。洞窟の中には緩やかな空気の流れがある。

「え？」とリョウは声をあげた。

ほかの三人がぎょっとしたふうにリョウを見た。

でも、リョウは声をあげた理由を説明しなかった。というか、うまく説明できなかった。遠くから誰かが「おーい」と呼んだ気がしたのだ。それも日本語というか、頭の中に直接響くみたいで、言葉ではなかったのかもしれない。そもそも、奥に誰かがいるはずなんてない……。

リョウはさっき、洞窟の先が地球の反対側の日本までつながっているかもと想像した。でも、なんか違う。地球の反対側じゃなくて、もっと遠く……。

〈ミイラは生きている〉研修担当者が言っていた。

急に首筋がひんやりした。ぞくっと寒気を感じた。

「あ、水」と言ったのはローハンだった。ローハンはいつも冷静だから、みんなが怯えている時にも、気づけたのだと思う。

足下に小さな水たまりがあった。天井の部分から、水滴が落ちてきて、ピチャッと音を立てた。ミイラを包んだ「卵」の布の上にも所々、湿った染みができていた。

ローハンはヘッドライトで手元を照らし、持たされた洞窟の地図の中にこの場所を書き込んだ。

最近、ちょっと大きな地震があって、地下水の流れが変わったのかもしれない。

それで、これまで乾いていた洞窟の中に水がしたたるようになった。湿気のある環境では、ミイラは長くは持たないので早く保護しなければならない。

そんなふうに研修担当者は言って、調査助手たちにユニット・ブルーが見つけた一族の「卵」を運び出させた。中には直接水滴を浴びて濡れてしまっているものもあれば、乾いたままのものもあった。

ぐっしょり濡れた布の「卵」から、中に入っているミイラを取り出した。その作業は、研修担当者と調査助手が慎重に進めた。布は何重にもなっていて、その中から、てらりとした肌のミイラが出てきた。

「生まれたばかりの赤ちゃんみたい」と言ったのはペネロペだった。

「女の子だよね。わたしたちよりも年下だと思う。五百年も前に生まれた大先輩なのに、年下なんて変なかんじ」

ミイラをずっと怖がっていたくせに、なぜかペネロペは急に親しみを持ったみたいなのだ。

実際、きれいなミイラだった。肌はつやつやしていたし、口のまわりの筋肉が固まって叫んでいるような表情も、どっちかというと「おーい」と呼びかけているふうだ。何より、目がそのまま残っていた。

「こいつはすごいぞ。目は普通、乾いたらすぐに破れて、壊れてしまうんだが……。こんなにちゃんと眼球が残っているなんて」

五百年前の女の子は、乾いた日でこっちを見ていて、「おーい」と言っているのだ。

「おまえらさ、ちょっと悪いが、おれはこっちでめいっぱいだ。面倒見てる余裕がない。適当にやっててくれ」

研修担当者に言われ、リョウたちは顔を見合わせた。たしかに、ここにいるのも邪魔になりそうだったので、みんな外に出た。

あたり一面にうっすら霧が漂っていた。

スペイン語をしゃべる調査助手に、ペネロペが周辺のことをあれこれ聞いてくれた。研究所のまわりにいても手持ちぶさただから、どこか座って話せる場所はないか。

上り坂を十五分ほど歩けば町に出るという。うっすらした霧のせいでよく見えなかったけれど、丘の上に町があるそうだ。この前の研修では、ナオミと一緒にアフリカの丘に登った。そのことを考えたら胸がちくっと痛んだ。

調査助手の言葉を信じたのが間違いで、町に着くまでには実際には三十分くらいかかった。かなり急な坂でみんな疲れ切ってしまい、雑貨店の軒下にあった椅子に座り込んだ。国産コーラを買って、飲みながら話すことにした。昔の帝国の名前がついた黄色い炭酸飲料だった。

リョウは、霧で見えない遠くを見た。

「ほら、おっさんがさ、ミイラは生きているって言っていただろ。あの意味分かったか？」とハッサンが言った。

「生きているみたいって意味じゃないの」とペネロペ。

「違う」とローハンが否定した。

「さっき携帯電話をネットにつないで検索してみたんだ。そうしたら、ここのミイラって、本当に生きていると思われていたんだって」

ローハンが語ったのは、今から五百年以上も前のこと。

南米の大半を支配した大帝国があり、神の子である皇帝は死んでも死ななかった。

息を引き取ったらミイラにされて、そのまま同じ王宮に暮らした。朝、家来が服を着せ、食事をさせ、輿に載せて町を練り歩き、ほかのミイラの皇帝と会ったら会釈をし……とミイラのまま生きているように扱われたそうだ。

「おそろしい話だよな。死んだ人を生きてるみたいに扱うって？　おやじが聞いたら、腹立てる。うちの国じゃ、人を神の子みたいにあがめるのはもってのほかだし、神様だって描いたり、像にしたりして拝むのは禁止なんだ」とハッサンが言った。

ハッサンの国は、そういう部分がすごく厳しいのだそうだ。

「ハッサン、ちゃんといつも礼拝してるものね。一日五回だっけ」

ハッサンはうなずいた。そして、ポケットからいろいろコテコテと目盛りのついた方位磁針を取り出した。世界中のどこにいても、礼拝をする方向、つまり聖地がある向きを教えてくれるものなのだそうだ。

「でもさ、ＧｅＫＯＥＳでいろんなところに行くと、いろんな人に会いすぎて、びっくりする。おれ、おやじのこと尊敬してるけど、ほかの宗教のことを、すごく悪く言うんだ。でも、この前行ったアフリカなんて、夜になるといろんな魔物や神様がたくさん出てくるような場所だろ。それにここだって、皇帝をミイラにして神の子みたいに扱う文化だったんだよな。世界っていろいろだよなあ」

へえっ。リョウは口を半開きにしたまま、言葉が出てこなかった。

ハッサンは、陽気で、ユニットでもリーダー格だ。誰にでも分け隔てなく話しかける。でも、考えてみたら、自分自身のことについて話すのは聞いたことがなかった。結構、お金持ちらしいことくらいは、気づいていたけれど。

「おれのおやじって、王子《プリンス》なんだよね。いや、驚かないでくれる？　だから言いたくなかったんだよな。小さな国だし、王子もたくさんいて、おやじが王様になることはまずあり得ないから。それで、おやじは、おれにビジネスの世界で成功してほしいと思ってて、ＧｅＫＯＥＳに入れって。高校生になったら、アメリカかイギリスに留学することになっているし。でもさ、死んだあとも生きているミイラなんて見たら、すごく複雑な気分になるな。一応、おれの祖父《じい》さんは、王様なわけで、祖父さんが亡くなったら、ミイラになって生きているみたいに扱われて……って想像しただけで、ドキドキした。こんなのおれらの宗教じゃ絶対に許されないんだけど、世界にはそんな人たちがいたんだって……」

珍しくハッサンが動揺しているのが伝わってきた。

「わたしは、最初怖かったけど、さっき、あの子に会って、なんかうれしくなった」とペネロペ。

「五百年も前の子なんだよ。病気か何か知らないけど……あの歳で死んじゃったのは気の毒だけど……なんか会えてよかった気がした。なんでだろ」

ペネロペは眉間にしわを寄せた。

「言ったことあったかな。わたし、今じゃ、北米に住んでるけど、生まれたのは東南アジアなの。お母さんが死んで一人きりになったのを、今の両親が引き取ってくれたの。アジアから北米に移るのって、小さい子どもだったからすぐになじめたけど、今から考えるとやっぱりすごく無理してたと思う。あ、なんでこんなこと思い出すのかなあ」

なんか不思議な雰囲気だ。ユニット・ブルーは、それぞれ得意な分野が違って、みんな仲が良い。でも、いつも新しい体験に夢中で、自分たちの普段の暮らしや、これまでの経験について話すなんて、本当になかった。ミイラに会ったとたんに、急に話し出したのはどうしてだろう。

「ぼくは、さっき、洞窟で声を聞いた」とリョウは言った。

ほかの三人がみんなこっちを見た。

「おーいって、遠くから声がしたんだ。もちろん、気のせいだとは思うんだけど、遠くから呼ばれてる気がした。小学生の頃、いとこと洞窟探検をしたことがあって、その時のことを思い出して……ミイラは怖かったけど、すごく懐かしかったんだ」

なぜかみんなしーんとして、しばらく沈黙が続いた。

「ぼくはね、すごい話はないんだけど……」口を開いたのは、ローハンだ。

「ぼくの家はそんなに豊かでもないし貧しくもないし、とにかく、家にパソコンがある程度にはお金がある。住んでいるのは町の外れのアパートで……ああ、こんなことどうでもいいね。

何が言いたかったかというと、ぼくも、リョウと同じで……」

ローハンは、言葉を切って、ごくりと唾を飲み込んだ。

「何か聞こえた気がするんだ。聞こえただけじゃなくて見えた……そんなこと言っても信じてもらえないかもしれないけど」

ローハンが見たというのは、「行列」だったという。

旅をしている人たちの列。そして、その中から、こっちに気づいた人がいて「おーい」と声を掛けてくれた、と。

ローハンって、パソコンのプログラミングが得意で、論理的なイメージだったのに、そんな根拠のないようなことを言う一面もあったのかって、新鮮だった。

それにしても、ローハンが見たのはなんの行列なんだろう。リョウはすごく気になった。

霧がさーっと流れた。

ずっと立ちこめていたものが、ふいに薄くなって眺めが開けた。

ごつごつした岩山の下に「研究所」があった。そして、すぐ近くにある岩肌に、ぽっかりと穴があいていた。五百年前の墓地だ。ユニット・ブルーが入り、ミイラの「卵」が濡れているのを発見したところ。

遠くにはゆったり流れる川の水面がきらきら輝いていた。

ローハンが言う「行列」について。

すごく昔の人なんじゃないかとローハンは感じたそうだ。列の最後には、オランウータンとかチンパンジーのような類人猿までいたそうだから、いったいどういう行列なんだか。

「本当にそう見えたんだよ。ぼくら、B島でオランウータンを見たよね。あれとそっくりだったもの。長い行列の中に本当にいたんだ」

ローハンは珍しく熱を込めていた。

とにかく、人はいつも旅をしてきた。昔の人も、今の人も。たぶん、類人猿もほかの動物も。

ローハンが見た行列は、別の時間で、別の旅をしている「人」たちで、ユニット・ブルーに向けて、「おーい、そっちはどうだ」と呼びかけたんじゃないかとローハンは感じたという。

根拠なんてない。でも、ローハンがそう言うと、リョウは自分が聞いた遠くからの声もそうだったと思えてきた。

「わたし、この子を見た時、似たことを感じたんだよ」とペネロペは指さして言った。

ユニット・ブルーは、夕方になって町から呼び戻され、また研究所にいるのだった。

洞窟にしみ出した水に濡れた布の「卵」から、取り出されたミイラたちが、まだ肌を湿らせてこっちを見ていた。ペネロペが指さしたのは、そのうちの一人、だった。

研修担当者は相変わらず興奮していて、「おまえら、運がいいんだぞ。よく見ておけ」と繰り返した。

「ぼくたちの遠い親戚なんですよね」とリョウが言ってみると、「そうだ、おまえら、みんなユーラシア大陸から来た顔つきだな。おまえらの祖先のうちの一部が、北米に入り、その中の一部が南米までやってきた。何万年もかけた人類の長い長い旅だ。世界は広い。地理的にも広いし、時間的にも広いんだ。分かるか？」

何万年ってどれくらいの時間だろう。想像すらできなくてくらくらしてしまう。ＧｅＫＯＥＳの活動ですごく広い世界を実感しているのに、それだけでなくて、自分たちの生きている時代の前や後に、またすごく長い時間があって、そこにはそれぞれ人々が生きていたし、生きていくのだと思うと、本当に気が遠くなった。

「人類はアフリカで生まれた」

研修担当者が早口で、人類の歴史を口にした。

この前の研修ではじめて行ったアフリカ大陸だ。

アフリカでは、「新人」と呼ばれる今の人類だけではなく、「原人」や、もっと前の「猿人」や「類人猿」も生まれた。時間をさかのぼって昔から見ると、共通の祖先のお猿さんからどんどん枝分かれして、今の人類が進化してきた。それがアフリカで起きた。そして、世界中に散らばった。アジアに入った人たちの一部が、シベリアとアラスカの間にあるベーリング海峡を越えて北米に入り、どんどん南下して、南米の南端まで行き着いた。何万年もかけた、すごくすごく長い旅だった……。

研修担当者の言葉には、どんどん熱が籠っていった。

「おれは、ＧｅＫＯＥＳの事務局から、そういうことを説明してやってくれと頼まれている。しかし、おまえらは、説明なんかされなくても分かっているはずだ。なにしろ、五百年前の子と会えたんだ。この子は、おまえたちに会うまで、五百年も布に包まれて、暗い洞窟の中で待っていた。だから、五百年とはいわず、何万年も前にアフリカを出発した連中がどう旅をしたのか想像してみろよ」

まずハッサンを指さした。

アフリカから出て最初に通ったのは中東。

それから、ローハンがいるインドのあたりもわりと早かっただろう。さらにペネロペが生まれた東南アジアや、リョウが生まれ育った日本も。そして、五百年前に亡くなったのに、今もまっすぐな目でこっちを見ているミイラの少女。この子の祖先はとても長い旅をした……。

やっぱり気が遠くなるほどで、想像を絶する時間と距離だった。

「また洞窟に入ってもいいですか」と言い出したのは、あんなに怖がっていたペネロペだった。

「必ず、調査助手と一緒に行けよ」とあっさりオーケイが出た。

洞窟には、やはり、風というにはちょっと緩やかな空気の流れがあって、奥の方から吹き出していた。

「おーい」とリョウは叫んでみた。

当然、返事はなかった。

「ハロー」「ハーイ」「ハロ、ハロー」ローハンとペネロペとハッサンが口々に言った。

何度も繰り返すうちに、おかしくなってきて、みんな笑った。

リョウはTシャツの内側にしているペンダントヘッドを手のひらで押さえた。

地球の反対側につながっているのか、それともずっとずっと昔の世界につながっているのか。

どちらにしても、リョウは自分がちっぽけだと痛いくらいに感じる。ちっぽけすぎて、笑ってしまうほど。

ちっぽけなのは、当たり前なんじゃないかと思う。

そして、それが当たり前だからこそ、何かをしたいと、願うんだ。

ナオミは、自分がちっぽけで何もできないと、言っていた。

今ここにいて、みんなと一緒に「おーい」と叫び、笑えばよかったのに、とリョウは思った。

6 ― きみに会いたい

ドゥトゥドゥンと、ドラムの音が響く。

十一月末だというのに太陽はギラギラと高く、ここは赤道に近いのだなあと実感する。

黒い肌の人たちが仮面をつけて踊っている。亡くなった人を、空に送り返すためだそうだ。

踊り手の一人が一歩前に進み出て、仮面をぐっと近づけた。リョウは思わず後ずさった。

「踊り手は死者の化身なんですって」と落ち着いた女性の声は、きれいな日本語だ。

「生前、親しかった人たちが別れを告げてから、空に返す。踊り手の中に、大猿のかぶり物をしている人がいるでしょう。あれも仮面の一種ね。亡くなった人の魂を集める役目」

日本から医療ボランティアで来ている医師で、ちょっと前に、アフリカのG国にあるこの赤土の村に入ったという。ここは、ユニット・ブルーの前々回の研修先だ。彼女は村ではフランス語で医者を意味するドクトゥールで通っていたから、リョウもそう呼んでいた。

やがて、音楽が終わると、トウモロコシの皮を編んだ大猿のかぶり物が歩き出した。このあたりの森にはチンパンジーが棲んでいるから、きっと、あれはチンパンジーだとリョウは思った。森の近くに行くと、時々うるさく騒ぐ声が聞こえた。はじめて聞いた時には、B島で会った物静かなオランウータンとの違いに驚いた。同じ類人猿なのに、チンパンジーは群れていて騒がしい。人間にもいろいろあるように、人間の親類、類人猿もいろいろだ。

　村のあちこちに寄り道しつつ、最近亡くなった人の家を、一軒一軒、訪ねる。見覚えがある赤いレンガの家の前で、リョウは踊り手の一人に腕を引かれた。ドクトゥールにも背中を押され、家の中に入った。

　亡くなったおばあさんの家だ。急に頭の中に、あの日のことが浮かび上がった。ほんの何ヵ月か前、リョウはこの家で雨宿りすることになって、おばあさんと一緒に午後をまるまる過ごした。雨が降り続く間、歌をうたったのは、楽しい思い出だ。リョウが村を出た少しあとに体調を崩し、そのまま亡くなったなんて、まったく実感が湧かなかった。

　家の中はひんやりしていて、つんと土の匂いがした。大猿が踊り、トウモロコシの皮が部屋の中に散った。踊ることで、部屋に残っているおばあさんの魂をかぶり物の中に招き入れているという。リョウのまわりにはおばあさんの家族たちがいたので、小さな家はぎちぎちに詰まっていた。

　大猿がこっちに迫ってきた時、リョウの後ろにぴたっとくっつく体温を感じた。小さい子が二人、怖がって背中に隠れていたのだ。

　ああ、この子たちは、見たことがある。痩せたのっぽと、小柄で貧弱な子。家族写真が貼られた板が、壁際にあったはずだ。首を振って探したら、意外に近くに掛かっていた。

ドキッとした。なぜって、新しい写真が一枚、目に入ってきたからだ。

写真の中にはリョウがいた。ハッサンがデジカメで撮ったやつ。壊れていた村のパソコンをローハンが直し、カラープリンタで印刷したのだっけ。おばあさんが大事に貼ってくれていたと知り、胸がきゅーんと熱くなった。

大猿は、その後も、いくつかの家をめぐり、村の外れにある小高い丘のひとつに登っていった。夕方、丘から煙が上がった。

魂を森まで運んだ大猿のかぶり物を燃やし、亡くなった人の魂を空に返す……。

赤くなった空が目にしみた。

同じような空を見上げながら、ナオミと話したなあ。つい何ヵ月か前のことなのに、ずいぶん昔に思える。

同時に、いとこのナオのことも頭に浮かんだ。

ナオとナオミは、名前も姿形も、強い意志を持っているところも似ている。でも、まったく違う。ナオはもうあれこれ悩む必要がないところに行ってしまった。一方、ナオミは今、いろいろなことを考えているみたいだ。

ナオとナオミが、同時にいたらどうだったかなと思うと、リョウは混乱する。

夕空を見上げつつ、去年の今頃、自分がアフリカにいるなんて想像もしていなかったことを思い、泣きたいくらい自分が遠いところを歩いていることに気づいた。

ナオが歩こうとして叶わなかった時間を、リョウは当たり前のように歩き続ける。それが辛かった。おばあさんが空に帰るのを見送りながらだから、とりわけそう感じた。

すべての儀式が終わったあと、リョウはドクトゥールに言った。

「お医者さんの仕事に興味があるんです」

もともと医者になりたいと言っていたのはナオだった。その影響でリョウも将来を考え始めた。アフリカで日本の医師に会ったのだから、その仕事について知りたかったし、ましてやこの人にはもっと興味があった。

急なアフリカ行きが決まったのは、二学期の期末試験が三日連続で行われた最終日だ。その日の夕方、久々にナオミと会った。いつもの、駅前のファミレスだった。

ナオミはリョウよりずっと勉強ができるから、解答を教えてもらった。問題のレベルが低いのか、ナオミができすぎるのか、難しかった数学の問題もすらすら解いた。

「すごいなあ」と単純にほめたら、ナオミはつっけんどんに言い返してきた。

「あたし、研修とかに行かなきゃ、勉強ばっかりやってるから。ガリ勉ってやつだ。それでもさあ、リョウは、よくこの程度の問題解けないで、医学部に行きたいって言うよなあ」

いつだったか、将来の漠然とした進路希望を口にしてしまったことがあって、正直、この時は後悔した。たしかに、もっと勉強しなければいけない。でも、中学生になって、ＧｅＫＯＥＳの活動に参加していると勉強がおろそかになるほど忙しい。言い訳だけど……。

ちょうどリョウの携帯端末に緊急のメッセージが入り、ほっとして画面を見た。

〈アフリカＧ国にて、葬儀に出席してもらいたい。ただちに出発のこと〉

リョウは目をしばたたいた。ＧｅＫＯＥＳからの研修の通知はいつもぎりぎりだけど、さすがに「ただちに」というのははじめてだ。おまけに「葬儀」って？

「あたしのところには来てない」とナオミは自分の端末を見て言った。なんだか口を尖らせている。

「あたしは、クビになったってことか。一度、自分の勝手な都合で休んだからな」

「いや、違う」とリョウは返した。

「これ、ユニットへの指示じゃない。グループ送信じゃなくて、ぼくだけなんだ。どうしてなんだろう」

本当に理由が分からなかった。

「おまえは、ＧｅＫＯＥＳの優等生だからな。とっとと行けよ」

ナオミは犬を追い払うみたいに手を振り、問題用紙を突き返してきた。

なんでおまえなんだよ、と目が言っていた。

帰宅すると、母さんはもう了解済みだった。「期末試験が終わったあとでよかったわね」とあっさり言い、翌日、リョウは飛行機に乗っていた。その次の日には、赤い土の道を四輪駆動車で進んで村にたどり着いた。

そこで出会ったのが、ボランティア派遣で滞在している日本人の女性医師、ドクトゥールだった。すらりとしていて、銀縁の眼鏡をかけていた。

ドクトゥールは、もうリョウのことをいろいろ聞いていたみたいだった。

「伝説のリョウ君ね」と言った。

「村は話題が少ないから、きみみたいな子が来ると、その後、どんどん尾ひれがついて語り継がれる。同じ日本人だというだけで、わたしも何度、話を聞かされたか」

何ヵ月か前にほんの数日いただけなのに、伝説、だなんて……いくらなんでも言いすぎだ。でも、それどころじゃなかった。

ドクトゥールに会った瞬間、リョウはどぎまぎしてしまったのだ。その理由は……最初自分でもよく分からなかったけれど、すぐに思い当たった。この人には会ったことがあるかもしれない。中学生になる直前、病院で。

ドクトゥールは簡潔に自己紹介してくれた。

「わたしは東京の病院で心臓外科医をしている。毎年休暇をとってアフリカの無医村でボランティアしていたんだけど、いつも慌ただしくて不完全燃焼でさ。だから今回は休職して、丸一年は、いてみようと思って」

ドクンとまたも心臓が跳びはね、今度はそれがなかなか治まらなかった。

胸に手を当て、いつもしているペンダントの膨らみを感じながら、本当に知っている人だったのだと確信した。

この人のことをもっと知りたい！　この時からずっと思っていたのだ。

葬送の儀式に参加した次の朝から、リョウはドクトゥールのあとをついて回った。

診療室は、ＧｅＫＯＥＳの合宿所と同じ元学校の建物にあり、開くのは週に一度だけだ。大きな病気や大怪我などで、手術が必要な時は隣町の病院まで行く。

では、診療室を開けないほかの日には何をしているか、というと……近くのもっと小さな村を回る。ぎゅうぎゅうに詰まったミニバスで何時間もかけて、時には歩いて、病院のない小さな村まで行く。たいていお年寄りばかりで、どこか病気を持っている人がほとんどだ。ドクトゥールは、一人ひとりの家を訪ね、薬を出したり、大病院への紹介状を書いたりした。でも、それよりも話をしている時間の方がずっと長かった。フランス語だったのでリョウには意味が取れなかったけれど、雑談だというのははっきり分かった。

「どこの国でも一緒だよね。お年寄りは話したがっている。それを聞くのも医者の仕事の一つ……って、言いたいところだけど、日本の大きな病院では難しい。毎日、患者さんのベッドを巡回して、問診して……すごく機械的になっちゃう」

ドクトゥールは、不思議と熱心に話してくれた。

「ところで、きみは、なんで医者になりたいと思うの」

「えーっと、もとはというと、仲の良い同い年のいとこに影響されたんです。すごく優秀で、でも、体が弱くて、将来、大人になったら自分みたいな子のことを治す医者になりたいって言っていたのに、中学生になる前に亡くなってしまったんですよね」

リョウは思い切り話を端折って伝えた。大切なことをあえて口にしなかった。

ナオは生まれつき心臓に障害があって、手術をしないと大人になるまで生きられないと言われていた。そして、六年生の時に手術をしてそのまま帰ってこなかった。ナオの主治医は、女性の心臓外科医で、すごく素敵な人だったからナオは憧れていた。海外での医療ボランティアにも熱心で、すごく高い「ココロザシ」を持った人だとナオは言っていた。

詳しく話せば、ナオのことを思い出すだろうか。でも、思い出してもらってどうなるのだろう。手術はいつも成功するものではないと知っている。なぜ、リョウの大切ないとこに限って、将来に強い思いを持ったナオに限って、そんな不運が起きてしまったか、今さら聞いてもなんにもならないと思うのだ。

ドクトゥールが訪問するのは、お年寄りが多い村ばかりではない。

ミニバスで二時間ほどのところの町には、しっかりした鉄筋コンクリートの病院があって、お医者さんも看護師さんも結構な数がいた。ここにはわざわざ医療ボランティアなんて必要ないんじゃないかと思うほどだった。

「専門とは違っても、避けられないのがＨＩＶの問題。エイズの原因になるウイルスがＨＩＶ、ヒト免疫不全ウイルスだというのは知ってるかな。この国の若い世代の感染率は、アフリカの中ではましな方。それでも、平均寿命を下げるほど命を落とす人が多い。だから、最新の簡易検査法と、投薬方針、カウンセリングの手順について伝えたり、話し合ったり……」

アフリカの国は平均寿命が短い。五十歳以下の国もざらにある。理由はいろいろだけれど、若い人たちにＨＩＶ感染が多いことも大問題なのだそうだ。ＨＩＶはウイルスの名前で、発症するとエイズという病気になる。免疫が落ちて様々な感染症にかかりやすくなり、よい医療を受けないと早く死んでしまう。アフリカではずっと流行していて、拡大を止めるのも医療先進国から来たドクトゥールの仕事の一つなのだ。

病院の医師も看護師も、全員現地の人だった。その中で、すらりとしたドクトゥールが、ホワイトボードに図を描きながら、フランス語で話し合っているのは、たしかに格好よかった。

もしも、ここにいるのが大人になったナオだったら……これくらいのことはやっただろうなあと素直に思える。勉強だってほかのことだって、運動を除いてはリョウよりずっとよくできたし、やる気があった。ナオのことをちらりと思うだけで胸がきゅんとした。

するとナオミのことも思い出して、同じように胸が痛かった。ナオミは耳が聞こえにくいことを除いたら、ほとんどのことをリョウよりもうまくできた。なにより人の役に立ちたいという気持ちが強い。きっとドクトゥールのことも、やはりナオのように憧れるだろう。

しばらく、リョウは胸がひりひりしていた。なんでこんなに痛いんだろう。ぼくじゃなくて、本来、別の人がここにいるべきだ、と思うからだろうか。

お昼をまわった頃、急に外が騒がしくなった。

「急患みたいだ」とドクトゥールは言った。

救急車ではなくて、日本語で「○○引越便」と車体に書かれたトラックが入ってきた。日本の中古車が遠くアフリカまで売られてきたのだ。荷台に二人の若い男の人がぐったりと横になっていた。二人とも頭や足から血を流し、荷台には赤黒い血だまりができていた。

バイクで二人乗りしていたところ、自動車と正面衝突してしまったそうだ。町の中心はすごい車の数で、交通事故も多い。だから、慣れっこだと、英語ができる看護師さんが耳打ちした。運ばれてきた二人のうちの一人が、荷台からストレッチャーで手術室に運ばれた。リョウはただ呆然とあとに付き従った。手術の準備を進めながら、看護師の一人が外に出るように目配せした。廊下と手術室の間に小部屋があって、中の様子を見ることができた。

看護師が、右の胸と左のあばらのあたりに、ケーブルのついた長方形の電極パッドを取り付けた。これは心臓が止まりかけている人のためのものだ。電気ショックで体がぐいとのけぞった。

手術が始まると、足の骨が折れてぶらぶらしているのは放っておいて、まずお腹を開いた。メスを持っているのはこの病院のお医者さんだったけれど、ドクトゥールが指示して進めた。血がたくさん出た。

素人が手術室にいられないのは当たり前だけど、本当にいなくてよかった！　医者になりたいと漠然と思っていても、いきなりあれだけの血を見せられたら、くらくらする。

ずいぶん時間がかかった。お腹を閉じてドクトゥールが出てきても、折れた足の骨をつなぐために医師と看護師が残った。ドクトゥールは、薄いゴム手袋を取りながら、リョウを見た。

「ま、救急の手術ってのはだいたいこんなもの。わたし、救急科のある病院にいたことがあってわりと慣れてる。何ヵ所か損傷した内臓を縫わなきゃならなかった。でも、大丈夫。あの人は助かるよ。足は元通りにはならないのと、頭を打っているのが心配なんだけど、ここでは頭部の検査も手術もできない。障害が残らないように願うしかない」

「あのう……」とリョウは切り出した。

実は手術中から気になっていたことだ。

「もう一人の人はどうなったんですか」

ドクトゥールは、ふっと息を吐き出し、「コーヒーでも飲みながら話そうか」と言った。

病院の事務室で、差し向かいになった。打ち合わせ用のテーブルだ。リョウにはコーヒーは苦すぎて、一口だけでやめておいた。

「ここに来た時点で、もう一人は、見込みがなかった。日本の大きな病院でなら対応できたかもしれない。でも、ここではどうやっても無理だった。わたしだけではなく、医者を百人集めてきて聞いても同じことを言うと思う。残念だけど、あの人は助けられなかった」

ドクトゥールは穏やかに言いながら、テーブルの上で爪が食い込みそうなくらいぎゅっとこぶしをにぎった。

そして、コーヒーカップを口に運ぶと、また息をふっと吐き出して付け加えた。

「きょう、わたしは二種類の仕事をした」

リョウはじっとドクトゥールの目を見た。なんのことか意味不明なのにすごく大事なことを言われている気がしたから。

「交通事故って、オートバイや自動車を使う限り、絶対ゼロにはならない」

ますます分からないことを言う。

「わたしたち現場の医者は、目の前に事故で怪我した人がいると、助けようとする。でも、それは本当に目の前にいる人だけ。一度に一人だし、それでも助けられない人もいる。じゃあ、交通事故が減ったらいいと思わない？　道路を整備したり、標識を工夫したり、安全講習をしたりしてね。それって、ＨＩＶについての知識を広めるのに似ている。もちろん、感染して病気になった人がいたら治療するけど、その前に感染する人が減るようにするのも大切なんだ。そのためには誰かがリーダーシップを取らなければならない」

リーダーという言葉が出てきて、リョウは不思議とすんなりと意味が分かった。

ＧｅＫＯＥＳは世界のリーダーを育てる。そんなふうに聞かされてきたから。

「ドクトゥールは、きょう、ＨＩＶの感染を広げないためのリーダーの仕事をしに来て、目の前の患者を助ける現場の医者の仕事もしたってことですよね」

「そういうこと。ただ……最初に言っておくべきだったんだけど、日本語でしゃべってて、ドクトゥールって言われるとちょっとね。わたしにも名前はある。葉室紗英《はむろさえ》っていうんだ。ファーストネームで、紗英でいい」

「じゃあ、紗英さん、ぼくも、きみ、ではなくて、リョウでお願いします」

リョウがふと思い出したのは、小学校中学年の頃によく会っていた近所のおじさんだ。タキジさんという地元の鉱物採集家で、今となっては、だめな大人だとまわりから思われていたのも分からなくはないのだけれど、当時のリョウやいとこのナオにとっては、名前で呼び合える兄貴のような人だった。海外に出ておもしろいのは、目上の日本人でもファーストネームで呼ぶのがそれほど不自然ではなくなることだった。

「じゃ、医師を目指すリョウに言うけど、まさにわたしがいつも悩むところが、きょう一日のうちに起こった。現場の医師は、一度に助けられるのは一人だけ。それでいいのか。それとも、もっとたくさんの人を助けるために、現場を離れて指導者になるのがいいのか」

リョウは紗英さんの顔をまじまじと見た。たぶん、日本の病院で会っても、こんなことは話してくれなかっただろう。

「なんで、こんなこと考え始めたかというと……やっぱり、救えるはずの命を救えないとすごく落ち込むわけ。今年に入ってすぐ、リョウと同じくらいの将来有望な患者さんを助けられなくてね。あれがこたえた。手術としてはミスはなかった。いつも以上のレベルのオペだった。ただ、その子の場合、外からは分からない疾患が別にあった。もっと小さい頃に発見できていれば、投薬で改善できたのに、なぜ見つけられなかったのか。初期に見つける検査を標準にするためには、誰かがリーダーシップを取って……と、きみに話しても仕方ないよな……」

紗英さんは、コーヒーカップをテーブルの上に置き、両手で髪の毛を包み込んだ。

リョウの心臓は、はちきれんばかりだった。命を助けられなかった子というのは……間違いない。ナオが憧れた紗英さんは、ナオを助けたかったけれど、助けられなかった。それがきっかけになって、今も悩んでいる。ナオが、手術を終えたら忘れられる患者Aとか患者Bではなくて、紗英さんの胸に刺さっている大切な一人なのだということがひしひしと伝わってきた。

だから、心臓がばくばくしながらも、うれしかったし、また、切なかった。痛かった。

ああ、今、ナオがいる。突然、そう感じた。リョウの目の前に昔みたいに現れてはくれないけど、やはりナオはいつもリョウの近くにいて、見ていてくれる。

「じゃあ、どうして……」とリョウは言った。「どうして、ここに来たんですか。現場での診療も、HIV感染の対策についてリーダーの仕事も両方できるからですか」

紗英さんの話の中から、大事だと思った部分を、リョウは抜き取って聞いた。ナオが近くにいる感じがするから、妙に頭が冴え冴えとし、大切な点を見抜くことができた気がした。

「残念ながら、それほど出来た話ではないね」紗英さんは言った。

「そんなに偉そうなこと、いつも考えているわけじゃないんだ。ただ、日本の現場から少し離れたくなった、ってくらいかな。結果的にここではなんでもやらなきゃならないだけ」

紗英さんは、曇りのないレンズの眼鏡の奥から、さっきとは違って、迷いのないすっきりした視線をリョウに向けていた。


滞在の最後の日は、地元での診療日だったので、一日中、村にいられた。

元学校の建物に小さな診療室を構えているから、個別訪問するのではなく、次々と患者さんがやってきた。例によって、ほとんどお年寄りだ。知っている人も結構いて、リョウを見るとボンジュールと話しかけてくれた。いきなり歌をうたい出し、一緒にうたえと言う人もいて、陽気だった。なんだか診療室ではないみたいだった。

夕方、早めに診療室を出て、近くの丘に登った。村の人に子どもたちを連れていくよう頼まれたからだ。いつか、ナオミと一緒に夕景を見たのとは反対側で、亡くなったおばあさんの魂を空に返した丘だった。

子どもたちは、おばあさんの家でリョウの背中に隠れた二人。小学一年生くらいの歳で、女の子と男の子だった。女の子はのっぽ、男の子は小柄で、なんだか昔のナオとリョウみたいだった。

丘の上には、たき火の跡があった。トウモロコシ皮の仮面を燃やした跡だろう。おばあさんの魂は、ここから昇天したことになっている。

子どもたちは、村の様子が一望できる丘の上で、鬼ごっこを始めた。しばらくすると年長の子どもたちもやってきて賑やかになった。リョウも輪の中に入った。こおり鬼みたいなゲームで汗をかいた。

日が沈みかけた頃、大人も加わった。大人たちは、たき火の跡を見て、あれやこれやと話してから、空を見上げた。

そっか、きょうは、日本でいう「初七日」みたいなものかと気づいた。こんな言葉、中学校の友だちで知っている人は少ないと思うけど、リョウは最近ナオを送り出したばかりなのだ。

区切りの日に、一族みんなが集まって丘の上から空を見る習慣なのだろう。一族は空を見たまま、知らない歌をうたい始めた。

リョウは、ナオのことを自然と考え始めた。丘の上に集まった人たちは、おばあさんに会いたくて、魂が帰っていった空の近くまで来たかったに違いない。そうすると、リョウが本当に会いたいのは、やはりナオなのだ。

ナオが本当にここにいればいいのに。ナオなら、きっとよいリーダーになっただろうなあ、と思いつつ、でも、そんなのじゃなくて、ただ、ナオに会いたかった。一緒にいた頃と同じように近くに感じたかった。

すると、また、ナオミのことを思い出した。

ナオミもきっとよいリーダーになるだろう。GeKOESを休まないで前の研修にもちゃんと来ればよかったのに。そして、今ここにいて一緒に空を見上げていればいいのに。ナオのことも、知ってくれればいいのに。

空はもうすっかり群青色だ。太陽の光が完全に消えて、星明かりに置き換わるのはそんなに先じゃない。一族は相変わらず歌をうたい、踊る人もいた。楽しげで、素早い踊りだった。まるでおばあさんが若い時の姿で降りてきて、一緒に踊っているみたいに感じた。リョウは歌に耳を傾け、踊る姿を目に焼き付けたあとで、やはり空を見続けた。

ナオはナオミじゃないし、ナオミはナオじゃない。

もし、リョウがここにいる意味があるとしたら、本当はここにいるはずだったナオをちゃんと思い出して、ナオが存在したことを、地球の上に刻みつけるためだ。だからこそ、リョウはここで紗英さんに会ったんだ。

そして、ナオミは本当はもっと先に進まなきゃだめだ。ナオが目指したのよりも、遠くに行くくらいの気になってくれないとだめだ。

昼間の暑さが嘘のように退いて、半袖では肌寒いほどだった。携帯電話を取り出すと、しっかりと電波が入っていた。

届くかなあ、と思いながらメールを打った。ナオミに宛てて思ったけど、少し恥ずかしかった。だからユニット・ブルーのグループメールにした。

——はやく、また、きみたちに会いたい。ナオミも次は戻ってきた方がいいよ。

英語のＹｏｕは、単数も複数も同じ形だ。「きみたちに会いたい」と「きみに会いたい」は同じ文になる。

ズボンの裾が両方とも引っ張られた。一緒に丘に登ってきた二人の子たちだった。いつの間にか歌声がやみ、みんな帰り支度をしていた。

星明かりだけの夜だけれど、地元の大人と一緒だから迷う心配はない。夜の森に出るという魔物も、大人数に怖じ気づいたのか気配すら感じられなかった。

リョウは子どもたちに手を引かれながら、丘を下った。村に戻っても、携帯電話にエラーの通知はなかった。

きっとメールは届いたのだろう。でも、本当に通じるかどうかは別だ。今度、きみに会えたら、伝えられるだろうか、と思った。

7 ― スーパーガールズ！

ナオミにとって久しぶりの研修だからと心配した自分はバカだった、とリョウは思う。待ち合わせの空港でいざユニット・ブルーの仲間と会うと、ナオミは「ハイ！　久しぶり」とあっけらかんと自分から声を掛けて、もう次の瞬間には打ち解けていた。それどころかいつもよりはしゃいでいるみたいで、ミニバスが移動し始めるとすぐに大声をあげた。

「まじ？　これ本当にアメリカ？　ＵＳＡ？」

ＵＳＡ？　というところだけ帰国子女的な本格的発音で、大げさだった。

でも、窓の外に目をやると、そう言いたくなるのがリョウにも納得できた。なぜって、赤茶けた砂漠のあちこちに、テーブルみたいに上が平らな切り立った不思議な丘がある。「メサ」というそうで、これまで見たことがない風景だった。

ふと前を見るときらきら光るものが目に入った。とてもゆっくり走っている銀色の車だった。追い抜く時、光っている理由が分かった。車体にペットボトルや空き缶がびっしり貼り付けられていたのだ。

助手席には、小さな女の子が座っていた。民族衣装のようなものを着て、きゅっと口を結び、何か考え事をしているみたいだった。意志が強そうな子だなあと思った。ほんの一瞬のことだけれど、印象に残った。

やがて町が見えてきた。だだっ広い駐車場の向こうにスーパーマーケットがあって、大きな庭を持った家々が並んでいた。砂漠の中の人工的な町並みだ。中央の十字路を曲がったとたん、巨大なガラス張りの建物が目に入ってきた。高層ビルではなく、横にだーっと長い。体育館を十棟か二十棟つないだらこんな感じになるんじゃないかと思った。

ユートピア平原コンベンションセンター。入り口に大きく書かれていた。

「きょうから世界最大のサイエンスフェアが始まる。きみたちの目的は単純。新しい仲間を見つけるんだ。優秀な連中が集まる中で、ＧｅＫＯＥＳに向いている子をスカウトしたい」

茶色の髪の研修担当者は、あくびをかみ殺しながら言った。

たぶん、今までの担当者の中で、アフリカに行った時の赤毛の女性と同じくらい、やる気がなさそうな人だった。

まあ、勝手にやりなさい、ってことだろうとリョウは思った。

そして、今回の研修が始まった。

「ユートピア平原」があるのはアメリカ合衆国南部の小さな町だ。リョウは研修の告知があるまで町の名前を聞いたことがなかった。

車が町に入ってから目にする通りや建物の名前はすごく変わっていた。ヴィーナス（金星）ストリートとか、マーキュリー（水星）ロードとか。スーパーマーケットがあるのは、ジュピター・ディストリクト、つまり、木星地区だった。

町の規模から考えても大きすぎるコンベンションセンターは、先端産業の見本市を開くためのものだそうで、火星《マーズ》地区にあった。

「ユートピア平原……って、何?」と聞いたら、「火星に実際にある地名」とハッサンが答えた。ハッサンは、実は宇宙に関心があるそうだ。

センターの中には、ほかにも火星の地名から取ったオリンポス・タワーだとか、クリュセ・ホールだとか、マリネリス・カフェなどがあった。それぞれ、山、平原、渓谷の名だという。

リョウたちは、とりあえず作戦会議のためにマリネリス・カフェに入った。天井に火星儀がぶら下がっている宇宙船みたいなつくりの喫茶店だ。たっぷりミルクの入ったロイヤルミルクティに砂糖をたくさん入れた。これは、火星に関係ない地球的な飲み物。

「まったくアメリカ人って、宇宙が好きだよね」と言ったのはハッサンだった。

「月に一番最初に行ったからって、宇宙も自分のものだと思ってる。火星だって領土だと言いたいんじゃないかな」と天井の火星儀を指さしながら続けた。

「それはともかく、サイエンスフェアって何？」とリョウは聞いた。

　正式名称は、インターナショナル・ティーンズ・サイエンスフェア。ホールの入り口に垂れ幕が掛かっていた。国際的な十代の科学フェアという意味だ。でも、フェアと言われても分かりにくい。品評会とか見本市と辞書にはあるけれど……。

「日本にはサイエンスフェアはないの？　こっちじゃ普通だよ」とペネロペが言った。

なぜか、目がきらーんと輝いている。ペネロペは、人が集まる賑やかな場所が好きなのだ。ロボットの大会の時もそうだった。

「日本ではあまりやってない」と言ったのは、ナオミ。ナオミは、日米の両方を知っている。

「アメリカの学校では、毎年、理科研究を発表するフェアがあったな。優秀な子は、郡や州のフェアに出てた。卒業生が全米大会で入賞したって、演説に来たこともあった」

　とにかく北米では「学生科学品評会」みたいなものが盛んなのだそうだ。ここは、「インターナショナル」だから、もっと格が上なのだろう。

　カフェを出てホールに入った。眩しいライトに目がくらんだけれど、熱気だけはすぐに伝わってきた。やっと目が慣れて見渡すと、たしかに「品評会」だった。区画ごとに小さなブースがいくつも連なっており、それぞれのブースの前で、十代の子たちが自分の展示の説明をしていた。世界中から集まった理科好きの子たちの研究発表会というわけだ。

　一番近くのブースには、眼鏡をかけた白衣の女の子がいた。大きなプラスチック水槽の中に生き物を飼っていた。たくさん草があって、中でうごめいているのはバッタだった。特殊なフェロモンを使い、サバクトビバッタの大発生を抑える、という説明。

サバクトビバッタというのは、アフリカにいるイナゴ。時々大発生して、農作物を食い荒らす。サバクトビバッタの群れが通り過ぎたあとは、何も残らないほどだという。その大発生を抑えられれば、何百万人もの人たちを飢えから救える。

すごい研究だと思った。それを中学生が一人でやっている。

隣のブースはやはり女子で、宇宙服みたいな衣装だった。出品しているのは、自作小型ロケットだった。さすがにここで打ち上げるわけにはいかないので、打ち上げ実験の時の映像を繰り返し流していた。砂漠で打ち上げて、雲を突き抜けて、最後はパラシュートで降りてくるまでを搭載カメラで撮っていて、まあるい地平線が映った時には感動した。

その隣もやはり女子で、同じく映像で「ニュー・スイム——誰でも速く泳げるクロールでもバタフライでもない新泳法」をアピールしていた。「クロールは、南米やオセアニアの原住民の泳ぎ方を見て学んだ人たちが開発し、二十世紀になってから広がったもの。わたしたちはもっと工夫できる」と言っていた。

リョウは、とにかくびっくりした。なんというか……発想が自由だ。それに、楽しそうで自信満々だ。「新泳法」の子は、「十年後、オリンピックの自由形競技にニュー・スイムの選手が現れる」と言い切った。

「びっくりした！」とハッサンも同じ感想だった。

「なんで女子ばっかりなんだ……この国に男子はいないのか！」

なんか驚くところが違う！　と思ったけれど、ハッサンの実感なのだろう。

「たまたまでしょう」とペネロペ。

たしかに、女子ばかりに見えたのは偶然で、そのまわりには男子もたくさんいた。

「ハッサンの国はどうなの。サイエンスフェアはあるの？　女子は出てくるの？」

「うちは、まずは男子優先だ」と言うハッサンは、やはり違う文化の出身者だ。

ナオミが口を尖らせて何か言いたそうだったから、リョウは先に話題を変えた。

「仲間を探せ、ってどういうことだと思う？」

「ロボットの世界大会の時には、将来有望なエンジニアの卵と仲良くなっておけって言われたわよね」とペネロペ。

「でも、その時とは違って、仲良くなるというより、ＧｅＫＯＥＳの新メンバー候補を探せって言われたよ」

「じゃあ、気に入った子を見つければいいのかな」

そんな話をしていたら、急に周囲がざわめいた。

「わあっ」と大きな声を出したのは、それまで黙っていたローハンだった。「あの人、すごい人だよ。中学生の時にコンピュータの基本ソフトを開発して、そのソフトがいろんな会社に採用されて、今では自分でも会社を持っている天才プログラマ」

ぞろぞろとたくさんの人を引き連れて歩いている褐色の髪の男子は、背も高くたぶん高校生なのだろう。ポロシャツとジーンズのラフな格好なのに、なぜか靴だけはピカピカに磨いた皮靴だった。取り巻きの中には大人も混じっていて、すごくきらびやかだった。

ローハンが急に前に進み出た。

「あのう……」とおずおずと話しかけ、「はじめまして、ぼくもあなたのプログラムを参考にして勉強しました」となにやら専門的なことを話し始めた。

ローハンの頬はうっすら赤くなっていたから、きっと憧れの人なのだ。

「えーっ、きみは、ＧｅＫＯＥＳの子？」といきなり天才プログラマ君が言った。ＴシャツのロゴをＥ見ている。

「きみたちって、どうして出展もしないのに来るの？　ぼくは三年連続の最優秀賞を狙っているから、今は暇じゃない。話しかけるなら、ビジネスの案を持ってきてくれるかな」

そして、ふっと口元で笑って、リョウたちをなめるように見た。こっちに近づいてくると、なぜかナオミとペネロペだけに名刺を差し出した。

「よかったら、連絡してきなよ。ＧｅＫＯＥＳよりも、ぼくの会社の方が楽しいと思うよ」

そして、ウィンクして去っていった。

なんて奴！　隣でナオミが肩を震わせていた。ペネロペですら、眉をひそめていたから、すごく嫌な感じだったことは間違いない。

ナオミが爆発する前に、またもローハンが言った。

「さすがだよねぇ。あの歳で世界的に注目されるんだから。会えて感動したよ」

なんだか、まるで気にしていないみたい。それどころか、まだ頰を赤らめていた。

「フェアで最優秀賞をとって、賞金やスポンサーからの出資で会社を作ったそうなんだ。去年、世界を変える若者十人にも選ばれた。きっかけになった賞って、このサイエンスフェアなんだね。すごいね」

人のいいローハンのおかげで毒気を抜かれて、ナオミも怒りをやり過ごしたみたいだ。

「少なくとも、あいつは仲間じゃない」とリョウに強い語気で言ったけれど。


「新しい仲間を見つける」ってどういうことだろう。出展している子と、名刺を交換すれば連絡は取れる。でも、それと「仲間」というのとは違う。天才プログラマ君と会ったことで、一気にみんなの考えがまとまった。

「応援したい子を見つけよう。あんな奴、応援しなくたって勝手にうまくやる。あたしたちは、助けが必要な子を応援しよう」

ナオミがペネロペと話し合って提案してきた。ローハンは「今年も最優秀賞はあの人だよ」とかぶつぶつ言っていたけど、とりあえずは納得したみたいだった。

というわけで、手分けして会場を歩いた。

リョウが気に入ったのは、人工知能搭載の猫ロボット。猫好きなのに、猫の毛アレルギーのいとこのために作ったと開発者が言っていた。

ハッサンは、海水から塩分を抜き取って淡水に変えるろ過膜を工夫し、今、普及しているものの半分の電力で済む原理を発見したという子を推した。「これ、うちの国に持ち帰りたい。すごく売れると思う」と。

ナオミとペネロペが見つけてきたものは、一風変わっていた。会場の端の方で、隅から隅まで回ろうとしないとまず見つからない。その分、空間に余裕がある区画で、でんとミニバスが一台置いてあった。

リョウはドキッとして息を呑んだ。

銀色に光る車体には、ペットボトルや空き缶が貼り付けられている。つまり、リョウたちが追い越した車だ。民族衣装を着た小柄な女の子もいた。きゅっと口を引き締めた表情は、助手席にいる時と同じだった。

「今、説明してもらったんだけど、すごいのよ」とペネロペが言った。「ここにあるのはミニバスだけど、本当はトレーラーハウスに使うの。トレーラーハウスって分かる？　人が住めるように改造してある大きな車で——」

ペネロペの説明を聞きながら、リョウは貼り付けてあるペットボトルや空き缶をしげしげと見つめた。

「蓄熱材のタンク。それから、熱交換の仕掛け」小柄な女の子が言った。

民族衣装みたいなものを着ているのは、ネイティヴ・アメリカン、つまり、ヨーロッパ人が来る前からここに住んでいた人たちの子孫なのだそうだ。家は近所で、サイエンスフェアの地元枠で参加できることになったという。

「砂漠に住んでいて、夏は暑いし、夜は冷える。昼のうちに蓄熱して、夜、それを暖房に使える仕組みを作った」表情を変えず、ぼそっと要点だけを教えてくれた。

「ねえ、エリス、中に入れてあげてもいい?」とペネロペ。

エリスと呼ばれた女の子は、こっくりうなずいた。そして、ミニバスの扉を開けた。

ミニバスの中は、空気が違った。会場はエアコンがきかないほどの熱気なのにミニバスの中はひんやりしていた。あれ? これって暖房なんじゃなかったっけ、と思った。

「今は外が暑い。だから、内側は逆に涼しく感じる。条件により、冷房にもなる」とエリスが淡々と言った。

「お金をかけず、夜暖かく、昼涼しくなればいい。暑い時に熱射病になったり、寒い時に風邪をひいたりすると、お年寄りや小さい子が亡くなる。それを少なくしたい」

「ね、すごいでしょ。エリスは自分の町の問題を解決するために考えたのよ！　話したらすぐにピンと来たのよ。この子、スーパーガールだって」

ペネロペが言うと、エリスはほんの少しだけ口元を崩して笑った。

無口そうでいて、質問されると理路整然と説明する。笑顔は意外とあどけない。理屈っぽいナオミとおしゃべり好きのペネロペを足して二で割ったみたいで、どことなく妹っぽいと感じた。

「応援したくならない？」「な、応援したくなるだろ」

ペネロペとナオミが同時に小声で言った。

リョウはこっくりとうなずいた。

サイエンスフェアは本当に大きなイベントで、翌日、近くの学校が大型バスを仕立てて生徒全員で来た。学校も関係するお祭りだから、とっても大きなことなんだなあ、とよく分かった。

テレビカメラを担いだ報道の人もあちこちで見かけた。お目当ては例の天才プログラマ君のようだ。彼が歩くあとをついて行って、とにかくインタビューを撮りたいらしい。

テレビカメラが回っているところで、リョウとハッサンとローハンの、ＧｅＫＯＥＳ男子三人で、近づいて話しかけた。

「あなたが、すごいことはよく分かったよ。うちの女子もスタッフになりたがったくらいだしね」

「うん、本当にすごいと思う！」

ハッサンとローハンが口々に言った。

たぶんローハンの方は本音だ。また、顔が赤らんでいた。

「ありがとう」と天才プログラマ君が余裕しゃくしゃくで答えた。

「昨晩、電話をもらった時にはびっくりしたよ。ＧｅＫＯＥＳの連中はプライドが高いから、ぼくの誘いに乗るなんて思わなかったしね。去年、来ていたユニットは赤いシャツを着ていたな。たしかに情報技術にとても詳しい奴がいたのは認める。しかし、お互いに考え方が違った。女の子もツンツンしてたしな。しかし、きみたちは違う。同じマークのＴシャツを着ているからといって、同じではないと分かった」

赤いＴシャツを着ていたのは、ユニット・レッド？　アフリカの赤土の村で会った先輩ユニットだ。たしかに、あの人たちなら、プライドが高いし、天才プログラマ君とぶつかっても不思議はなかった。

「それに、今回は助かった。こんなにマスコミが来るなんて思っていなくて、スタッフが足りなかったんだ」

天才プログラマ君はさらりと言う。ここまで来ると、嫌みに感じないから不思議だ。

うん、この人、悪い奴じゃない、とリョウは思った。

自信満々だけど、悪気なんてまるでない。ぶつかってくる人には、きちんとぶつかる。攻撃的といったらそうなのかもしれないけれど、実力がある相手は認めるタイプだろうし、おもしろいビジネスを提案したら乗ってくる。それから、女の子が好き！

リョウだって、女の子が嫌いなはずはなかったから、そこのところで批判することはできなかった。ナオミとペネロペは怒っていたけど。

リョウは、天才プログラマ君に向かって、頭の中でなんとか組み立てた英語で話しかけた。発音なんて日本人ぽくていい。とにかく相手に通じればいい。

「ＧｅＫＯＥＳのスーパーガールズは、あなたに夢中みたいだけど、もう一人紹介したいスーパーガールがいるんだ。一緒に来てくれるかい？　新しいビジネスのアイデアを持っている」

天才プログラマ君は、表情を変えなかった。

でも、目がキラリと光った。

「いいよ、どっちだい。優秀な人材と新しいビジネスはいつでも歓迎なんだ」

リョウたちは、会場の端にあるミニバスのところへ彼を導いた。

ミニバスは古い車だし、まわりに貼り付けてあるペットボトルは、近くで見ると安っぽい。

ピカピカの靴をはいた天才プログラマ君が、どんな反応をするか、リョウは注目した。

目を細め、ほんの数秒間だけ見つめてから、言った。

「えーっと、これは興味深い。いったいどこから来た子だい。ああ、地元の特別参加枠か……」

顎に手を当てて、考える仕草をする。テレビカメラを気にしているみたいだ。

「あとで必ず連絡を取るよ。紹介してくれてありがとう！」

エリスはたぶん、ミニバスの中で読書をしている。

優秀な人材なのに会わなくていいのかなあと思ったけど、天才プログラマ君はカメラを引き連れてもう歩き始めていた。

「おっと、忘れてた、ステージに行って準備しなければ。全国ネットの生中継があるんだ」

一応、言い訳がましく、リョウたちの方を振り向いて言った。

エリスにここで会って、彼女のすごさを分かってくれたら、そこで作戦終了だったのに……

リョウはちょっと残念に思った。

昼過ぎには全国ネットの番組で人気の司会者が、中央舞台の上で天才プログラマ君と対談する公開イベントがある。そのことは、きのうから知っていた。だから、ナオミとペネロペは連絡を取って、スタッフとして潜り込むことができたのだ。

リョウはそのイベントを、ハッサンとローハンの男子三人組で見た。

ナオミとペネロペのお手並を拝見、といったところ。

どうやったら応援したい子たちを応援できるか話し合った結果、「あいつを利用するのが一番近道」ってことになり、結局、彼もシナリオ通りの動きをしてくれて……あとはＧｅＫＯＥＳのスーパーガールズたちの仕掛けがうまく動くのを待つだけになった。

舞台の上には、もう司会者と天才プログラマ君が上がっており、くつろいだ雰囲気で話をしていた。

「きみにとってサイエンスフェアってどんなもの？　連続して最優秀賞を獲得しているんだから、もう来る必要はないと思ったことない？」と司会者。

「フェアで最優秀になるのは誇りなんだ。それに、ここに来れば、新しい仲間に会えて、新しいビジネスが始まるからね」

まだ学生なのに、爽やかな雰囲気のビジネスマンなのだった。

「今回、印象に残る参加者はいたかい？」

「そうだね、今のところ――」

そう言ったとたんに、音楽が鳴った。

後ろにある大きなスクリーンに映像が出た。

これまでの半分のコストで倍の効率を期待できる太陽電池、新しい半導体素子を作る方法……すごく専門的な技術を開発した参加者の姿が次々映った。

さらに画面が切り替わり……リョウたちが知っているミニバスが浮かび上がった。

「ワオ、これもかい。クールだね。バスに銀色の飾り？　いったいなんなの？」

画面の上に、文字が浮き上がった。

〈太陽熱を活用した蓄熱暖房システム。条件により冷房も可。廃品利用で、五十ドルで製作。今すぐ、全国に展開可能。一緒に広めませんか〉

「なるほど、これはすごい。きみは、新しい会社で、各地域をカバーする送電ネットワークを改善すると言っていたね。同時にこんなことまで考えているなんて！」

天才プログラマ君は、一瞬顔をしかめた。何が起こったのか分からないというふうに。でも、すぐに笑顔になった。

「そうなんです。太陽の光からエネルギーを取り出すのは、太陽電池だけではない」

そこから先、サイエンスフェアの会場のあちこちでユニット・ブルーが撮影した映像が、いくつも映し出された。サバクトビバッタも、小型ロケットも、新泳法も、その中にあった。

天才プログラマ君は、むすっと黙り込んだ。口元が怒りに震えているように見えたけれど、かろうじて笑顔に見えなくもなかった。

くくく、と笑い声が聞こえた。

ナオミだった。いつの間にか、隣に立っていた。そして、ペネロペもすぐにやってきた。

「作戦完了」二人が同時に言った。二人とも赤い目をしているのに、笑顔だった。

だいたい、連続最優秀賞獲得者だからって、今年の参加者から自分に都合のいい「仲間」を審査の前にほめるのはおかしい。なら、ほかの子たちも紹介してしまえ！　ということで、みんなで手分けして、片っ端からビデオを撮って回ったのだ。そして、ナオミとペネロペが、もらった名刺の携帯電話にかけて、スタッフにしてほしいと頼んだ。パソコンの中の映像データの書き換え方は、ローハンにほとんど徹夜で教えてもらい、その隣でリョウとハッサンがビデオを編集した。

「本当はあそこで奴の会社の紹介映像が入るはずだったのよ」

ペネロペはうれしそうに言った。いわばスパイとして潜入したのに、堂々としていた。本当にそこまでやっちゃってよかったのかなあ、とリョウは思いつつ、壇上でむっとした顔になったあいつの顔を思い出し、あとで会ったら声を掛けようと思った。

謝罪するつもりはない。そのかわりに、「チャンスをくれてありがとう！」と。

そして、何よりも、あの子が注目されればいいと思った。

会場からほんの二時間くらい、ペットボトルで装飾されたミニバスでのろのろ走ると、大きなメサの近くにいきなり町が現れた。

ユートピア平原コンベンションホールがあった町とはうってかわって、みすぼらしい家が立ち並び、大きなビルなどもなく、ただただださびれていた。

一角に駐車場があった。停まっているのはほとんどトレーラーハウスだ。その場に固定されて、家代わりになる大型車両。つまりはここは団地みたいなものなのだ。

車両のほとんどが錆びていた。それでも、駐車場のあちこちに、きらきら光る場所があった。外側にペットボトルや空き缶を貼り巡らせたトレーラーが、たぶん十台、というか十軒くらいあり、夕陽を反射しているのだった。

「三年以内にここのトレーラーハウスをぜんぶ改造する」とエリスは言った。「去年の冬は寒さで病気が流行って、お年寄りと小さな子が、五人亡くなったから……」

そう言う時、口元はきゅっと引き締まり、遠くを見ていた。

急に冷えてきて、リョウたちは、女の子の家族のトレーラーハウスに迎え入れられた。もちろん、まわりにペットボトルを貼り付けたやつだ。

中はほどよく暖かかった。そして、きびきびと動くお母さんに、豆をたくさん使った料理を振る舞ってもらった。

「部門二位の成績はすごく立派です。おめでとうございます」ナオミが食事後に言った。

結局、今年も、天才プログラマ君が全体の最優秀賞をかっさらっていった。それだけのすごい研究開発だったのだろう。ローハンがしきりと感心していたから間違いない。

ペットボトルを使った暖房装置は、エコ部門の二位に食い込んだ。地元の参加枠では滅多にない快挙だそうだ。ユニット・ブルーが宣伝しなくても、充分にすごいと審査員に伝わっていたらしい。

それでもエリスはユニット・ブルーの応援が印象に残ったようで、閉会式のあと、ナオミとペネロペに言った。

「うち、来る？」と。

閉会式のあと、コンベンションホールでは、大々的なパーティが開催されることになっていた。天才プログラマ君は得意顔で参加するだろう。でも、パーティよりもエリスの「うち」の方が魅力的だと意見が一致し、みんなでお邪魔することにした。

大きなメサの麓にペットボトルを貼り付けたトレーラーが並んでいる風景は、貧しいのかもしれないけれど、同時に壮観でなんかすごいなあと感心した。

エリスのお母さんは、食事を終えたリョウたちに、ぼそっと言った。

「あの子が友だちを連れて帰ってくるなんて……。学校でも理科室で実験ばかりしてるし、仲の良い友だちもいないし、それなのに、トレーラーハウスの人のことばかり心配してる。何年か前、おじいさんが亡くなった時からね。エリスは、おじいさん子だったたから」

お母さんは、ここで窓の外を見た。例のミニバスが停まっていた。

「あの車も、もともとはエリスのおじいさんのものだった。トレーラーハウスが手狭だから、あっちで寝ていたの。風邪をひいて病院に行った時には肺炎になってて……あの子、それで、あの車を暖めるんだって実験を始めたのね。サイエンスフェアには興味がなかったのに、学校の先生が絶対に行くべきだって連れていってくれたの」

その夜、ナオミとペネロペは、母屋のトレーラーハウスで寝ることになった。リョウとハッサン、ローハンの三人は「おじいさんのミニバス」に寝床を作ってもらった。

トレーラーハウスからは、かなり遅い時間まで女の子たちの笑い声が聞こえてきた。

「なんか、女の子たちって、すごいよなあ」とハッサンが言った。

「ほんとだよね」とローハンが応えた。

ナオミとペネロペは、スパイ大作戦を成功させた。たぶん、男子の三人の誰かが同じことをしようと思っても、どこかでボロを出した。少なくとも自分ならそうだ、とリョウは確信があった。そして、エリスは……やっぱりすごい。お母さんの話を聞いて、意志の強さを知って、なおさらそう思った。

「うちの国では、女性は表に出る時には顔を隠すしきたりだし、おれ、正直いって、ナオミやペネロペと普通に話すのも最初はドキドキしていたんだ」

ハッサンが言った。女性の地位が高くなくて、仕事をしても一部の例外を除いて高い地位には就きにくい社会なのだそうだ。ハッサンは、ＧｅＫＯＥＳに参加して、女の子が男の子と対等に、時にはリーダーシップをとって活躍するのに慣れてきたと言った。

「うちの国でも、女の子は若く結婚させられたり、好きなことをさせてもらえないことが結構あるよ。だんだん変わってきてはいるけど」とローハンは言っていた。

中学生にならないくらいの年齢で結婚が決められて、まるで売られるように嫁ぐ子とか、子どもができないといじめられるお嫁さんとか。ひどい時になると、それが行きすぎて殺人事件まで起こっていると聞いたことがある。信じられない世界だ。ローハンは、ナオミたちに聞かれたらどうしようとヒヤヒヤしているそうだ。うまく説明できないし、もちろん、正当化できることでもないし。

「ナオやペネロペを見ていると、ああいう子たちが本当はたくさんいるのに、縛りつけているんだなあと分かった」とローハンは言った。

ハッサンもローハンも、「女の子」について、いろいろ発見があったみたいなのだ。でも、リョウにとっては、それほど目新しくない。もともとリョウのまわりの女の子はすごい子が多かった。

というか、いとこのナオと一緒に育ったからかも。

だから、女の子がすごい、ということは、驚きではなくて、むしろ、当たり前みたいに感じてきた。むしろ、自分が、ナオやナオミやペネロペたち、そして、アフリカで会ったお医者さんの紗英さんのようにすごくなれるか心配だった。自分が望む道を見つけて、ナオの代わりにもなって、遠くへ行けるだろうか、と。

母屋のトレーラーハウスから、女の子たちの屈託のない笑い声がまた聞こえてきた。リョウが目指すべき当面の目標だと思った。

やがてその笑い声が消えて、ハッサンやローハンの寝息が聞こえてきても、目が冴えて落ち着かなかった。

外に出てみると、満天の星だった。

ミニバスについた手すりを上がり、ルーフの上で寝転がって空を見た。ひときわ強く輝く赤い星はきっと火星だ。コンベンションセンターの天井からぶら下がっている火星儀より、夜空で見つけた方がずっと美しかった。

きっとエリスとおじいさんも、このルーフから星を見上げたことがあるんだろうなあと思った。おじいさんが生きていたら、才能豊かで優しい孫娘を誇らしく思ったに違いない……と考えていたら、眠たくなって、そのまま目を閉じた。

明け方、夜露に濡れて体が冷え、寝床に戻った。

ミニバスの中は暖かく、それはエリスとおじいさんの間にあったはずの温かさなのだった。


翌朝、「ユートピア平原」から、研修担当者が迎えに来てくれた。

「新しい仲間は見つかったか」とさっそく聞かれ、「友だちなら見つかったけど」とナオミが答えた。

「その子、考えが深いんです。ＧｅＫＯＥＳのことは説明してきました」とペネロペ。

「そうだな、自分がやりたいことを見つけて、どう実現するか考えてる。刺激を受けるよな」

とナオミ。

ナオミの口調は、いきいきしていた。エリスがすごいだけでなく、前向きなナオミが帰ってきた。それはやはりとてもうれしいことだった。

車は空港の方へと走る。砂漠から突きだしたメサは、やはり異様な光景だ。こんな地形が地球上にあるということ自体不思議で、火星だと言われても驚かない。

「帰ったらすぐに正月だ。早いもんだな」とナオミがぼそっと言って、一気に現実に引き戻された。

本当に早いものだ。中学生になってもう一年の三分の二が過ぎて、三学期が始まる。

そして、二月になれば……。

胸にズキンと痛みを感じた。

シャツの下のペンダントヘッドが熱くなった。

大切ないとこを失ってから、一年が過ぎる。リョウをＧｅＫＯＥＳに導いたナオが、この世から姿を消して、リョウだけが一人で進み続けることになってからちょうど一年。

ナオの代わりに、ナオの夢と一緒に、もっと遠くに行くと決めたのに、自信がないリョウは、女の子たちが大活躍した今回の研修でますます自信をなくしたかも。

やがて、メサが立ち並ぶ砂漠が途切れ、火星みたいだと思った景色も唐突に消えた。

空港が見えてきて、離陸した飛行機が頭の上を飛び越した。ぼくたちは地球の上にいて、明日からもそれは同じだとリョウは思う。リョウが火星に行くことはたぶんない。でも、ナオミやペネロペたちなら、どこまで飛んでいっても驚かない。

「今回の研修は楽しかったね！」隣の席のペネロペが言った。

「ペネロペとナオミが大活躍だった。スーパーガールズだと思ったよ」

リョウは考えていたことをそのまま口にした。

するとペネロペが、リョウの耳の近くに顔を寄せてきた。

「リョウの仲良かったいとこのナオって、会ってみたかったなあ……その子こそ、スーパーガールだったんでしょう。リョウにとっては……」

えっ、と喉が詰まって、リョウは息ができなくなった。

「どうして……」と言いかけて、喉がからからに渇いた。

なぜ？　ナオのことを、ペネロペに話したことはないはずだ。

ふと、女の子たちの笑い声が聞こえた気がした。ああ、そうか、トレーラーハウスの中で……。ああいう雰囲気なら、ナオミが知っていることを話したかもしれない。

「何が、スーパーだって？」と前の座席にいたナオミが振り向いた。

え、耳が悪いはずなのに！　と驚いてよくよく見たら、しっかり補聴器をつけていた。

「ほんと、人のことあれこれ言っている暇があったら、自分のことを心配しろよな。今回、おまえ、ほとんどなんにもしなかっただろ。ＧｅＫＯＥＳの研修、あと一回で一周目が終わりらしいぞ」

「そうなのよ。もう一周してしまうんだものね」

ペネロペが、本当に名残惜しそうに言った。少し潤んだ感じの目で、これまで見たことがない表情だった。学校を卒業して明日からみんなに会えなくなるとでもいうみたいに。

誰も話さないまましばらく時間が過ぎた。

車は空港の停車スペースに滑り込んで、先に前の席のナオミたちが外に出た。

ペネロペが、リョウの耳元で「別にナオミに聞いたわけじゃないよ」と言った。

いったいどういう意味だろうと、リョウは首をひねった。

8　あしたへつづく

羽田空港は、リョウの家の一番近くの駅から電車に乗れば、一時間くらいで着く。これまで国際線で太平洋を渡ったり、アジアを横断してアフリカ大陸まで行ったりしたのとは、時間も距離もまったく違った。

その日は土曜日で、朝、いつも通りに目を覚ました。午前中に学校の宿題を終わらせ、それからナオミと合流して向かっても、余裕で間に合った。

国際線の出口で待っていると、最初に出てきたのはリュックを背負ったローハンだった。すぐ後ろにハッサンがいて、「よう！　久しぶり」と笑顔を弾けさせた。さらに後ろからペネロペが追い付き、体を弾ませながら「ハロー！」と手を振った。

リョウとナオミも笑顔で応えた。

GeKOESの一年目最後の研修は、日本。それも、リョウとナオミが住む東京でだ。だから今回は、出迎え役として空港までやってきた。

駐車場にはワゴン車が停まっていて、今回の研修担当者が待っていた。

「リョウ、これで全員だね。じゃあ行くよ」

親しげに語りかけてくるのは、本当に親しいからだ。それも家族と同じくらい。

リョウは助手席に乗り、後ろのみんなに「一時間かからないから。途中までは首都高速道路で行くよ」と伝えた。

首都高速道路は、外国から来た人がはじめて通ると、結構びっくりするとナオミが言っていた。分岐や立体交差やトンネルがあちこちにあってすごく複雑に見えるらしい。案の定、ハッサンやローハンは窓に顔をつけて見入っていた。もっとも都心で渋滞にはまると、うとうとし始めたのだけれど。

到着は、予定よりも少し遅れた。

「ようこそ、我が家へ」と研修担当者は英語で言った。

「リョウ、四人に家の中を見せてあげて。もう、女子の部屋と、男子の部屋を作ってあるから、荷物もそこに置くといい」

これも英語。普段、英語で話す機会が多い職場に勤めているので、本当に流暢だ。

リョウは、ユニット・ブルーの四人を家の中に案内した。

東京での研修で、合宿に使われるのは、ＧｅＫＯＥＳの専用施設やホテルではなく、民家だった。それも、リョウが小さな頃から慣れ親しんでいる、いとこの家。

でも、ナオが亡くなり、リョウが中学生になってからは、ほとんどこの家を訪ねていなかった。

リョウの家に急に電話がかかってきたのは、一週間ほど前のことだ。おじさんからだった。

「リョウが参加しているＧｅＫＯＥＳの事務局から連絡があって、日本での研修の面倒を見てほしいと頼まれた。きっとナオも喜ぶから引き受けるよ」

その話を聞いた時、リョウは驚いたというより、頭の中で爆発が起きたみたいに真っ白になってしまい、何も考えられなくなった。

ナオの家で、ＧｅＫＯＥＳの研修？

そんなこと、想像したことすらなかった。だって、ハッサンやローハンやペネロペはともかく、ナオミまで来るのだ。ナオミは名前だけじゃなく、顔つきや雰囲気もナオと似ている。ナオのことでずっと落ち込んでいるおばさんに会わせていいんだろうか……。

リョウがいろいろ考える間も、どんどん事は進み、結局、その日がやってきた。


リョウとハッサンとローハンの男子組は、一階にある畳の客間に布団を敷いて寝泊まりする。布団は英語でもFutonで通じるけれど、ハッサンは床で直接眠るのがすごく珍しいそうだ。ローハンの方は、「ぼくの家はベッドだけど、床で眠る家族も普通」だということで、特に驚いていなかった。

ナオミとペネロペは、二階の洋室をあてがわれた。これは、ナオが使っていた部屋だ。学習机や読みかけの本はまだそのままにしてあるはず。二人が泊まるために、もう一つ簡易ベッドを入れたそうだ。

部屋の案内が終わると、リョウの母さんが差し入れで持ってきた手作りプリンをおばさんが出して「おやつの時間の歓迎会」を開いてくれた。

「大家族の母さんになった気分ね」と言うおばさんは、むしろはしゃいでいるみたいで、不思議なかんじがした。でも、おばさんが笑っているのはうれしかった。

「で、結局、今回の研修ってなんなの？　サクセッションなんとかって指示書にはあっただろ。でも、内容は書いてなかった」とハッサンが言って、ユニット・ブルーの打ち合わせが始まった。

「サクセッション・プログラムなんだから、難しく考える必要ないと思うよ」とペネロペが言うと、「その意味が分からないんだって！」とハッサンが突っ込んだ。たしかに、詳しいことは何も分からないのだ。

謎は、夕食後、はっきりするはずだった。おじさんが、つい前日、指示書を預かっていて、それを手渡してくれると言っていたから。

ただ、その前に、夕食で一つ問題が発生。おばさんが準備したのが海鮮丼だったのだ。

「日本料理といえば、まずは寿司か刺身でしょう」とおばさんは言うのだけれど、それはちょっとピントがずれていたみたい。

もちろんリョウは好物だから喜んだ。サーモンとイクラの海鮮親子丼になっていて、それにウニまで載せた豪華なものだったし、文句のつけようがない。ナオミとペネロペも大喜びだった。でも、ハッサンとローハンは、箸ではなくスプーンを握りしめ、ぴくりとも動かなかった。しばらくしてから、ローハンがサーモンと酢飯を一緒にすくいあげた。でも、そこで固まって、口に運べなかった。

「やっぱり、生の魚はだめ?」とペネロペが聞いた。

「サーモン、焼いてもらおうか?」とリョウも尋ねた。

「日本食って、最近、うちの国でも流行ってるから、食べたことはあるんだ。でも、生の魚って臭いだろう?」

「チャレンジしろよ」とナオミが言った。「いろんな文化を体験するのもGeKOESだろ。アレルギーとかないなら、食べてみろ。だめだったらだめで仕方ないから」

ナオミの言い方はちょっときつい。今回は、リョウとナオミが、ほかの三人に日本文化を見せる役割もきっとあるわけで、そんな言い方はまずいと思った。実際、食卓は一瞬、しーんと静まった。

「あ、そうだ、これだよ」とおじさんが大きな声を出した。

「照り焼きソースがあるんだけど、生魚が苦手な外国人は、これを使うと大抵、おいしいって食べられるんだよね。照り焼きも立派な日本文化」

おじさんは、でん、とソースを置き、蓋を取ってからローハンとハッサンの醬油小皿に注いだ。

おそるおそるサーモンを浸して口に運び、ローハンが「おいしい！」と言った。すると、ハッサンも続き、「お、いける！」と食べ始めた。おじさんは満足げにうなずいていたけれど、これで日本文化への理解が深まったとは、リョウにはちょっと思えなかった。

夕食後は、庭先で花火をした。寒かったけど、これも日本文化。そして、その後、おじさんが、ＧｅＫＯＥＳのロゴと子どもたちが地球を抱きしめているイラストが入った封筒を、リョウに渡してくれた。

中に入っていた紙は、やはりロゴが入った指示書だった。

〈滞在期間中に、これまでのＧｅＫＯＥＳの研修を、各自まとめ、自己評価すること。その後、来期への移行《サクセッション》の会議を行うこと〉

「なんだ、これ！」とナオミが不機嫌な声を上げた。

「こんなのなら、わざわざ集まる必要あったのか。ただ、リポート書けばいいだけだろ」

「でも、こういう研修ならいつもより楽でいいな」とハッサン。

「森の中で汗だくになったり、丘の上に水を運んだり、睡眠不足でプログラム書いたり、すごい日差しの中で砂まみれになったり、ミイラを見つけたり、スパイ大作戦みたいなことしたり、しなくていいもんな」

「だから、集まる意味、あるのかって言ってるんだ」とナオミ。

「リポートはいつだって書けるんだし、明日は東京を案内してもらおうぜ。こんなに時間が自由な研修なんてはじめてじゃないか」

ハッサンがはしゃいだせいで、修学旅行みたいな雰囲気になった。


海の香りがする空気を吸い込むのは気持ちいいけれど、やはり、この時期の海沿いは寒くて、早々に屋内のアトラクションに逃げ込むことになった。

ＴＤＬ、いわゆる東京ディズニーランドの隣にあるディズニーシーに来ている。

前の夜にネットでいろいろな名所を検索して、浅草、秋葉原、東京スカイツリーなど、出かける場所を考えた。ハッサンは自分の国のタワーとどれだけ違うかスカイツリーを見たがり、ローハンは秋葉原でコンピューターの部品を買いたいと言った。ペネロペは浅草の雷門を見たがった。結局、好みはバラバラだったので、全員が妥協できるテーマパークになった。

寒さのあまり逃げ込んだ屋内アトラクションは、地底探検車に乗って、地下数千メートルの世界をめぐるものだった。美しい水晶の洞窟やら、発光する動物やらを見る幻想的な世界をめぐる途中、いきなり火山が爆発し、最後はジェットコースターのようになって逃げ帰る。すごくドキドキしたし、単純に楽しかった。

でも、ナオミだけが、いつかのように無口なのだ。

屋内の飲食店で昼食にハンバーガーを頼み、リョウやハッサンやローハンが、大口を開けて食べているところに、ぼそりと言った。

「早めに切り上げて帰ろう。あたしたちがやるべきことは、こういう観光じゃないと思う」

なんだか、正論すぎるくらいの説得力があって、誰も反論しなかった。

というわけで、夕方にはもう「合宿所」に戻って、早めの夕ご飯を食べた。きのうおじさんが勧めたソースを使った、照り焼きチキンステーキだった。

その後、五人とも食卓を使い、ＧｅＫＯＥＳの活動についてのリポートを書いた。

Ｂ島では、オランウータンの森をまもることを考えた。Ｎ国では小山の上の長屋《ロングハウス》に滞在して、水を運び牛の世話をする生活をした。アフリカのＧ国、赤土の村でおばあさんと語り合い、南米のＰ国ではミイラの発掘を手伝った。ロボットの大会に突然出たり、サイエンスフェアで「仲間」を見つけるように言われたこともあった。一年も経っていないのに、いろいろなことを見聞きした。

それぞれ、忘れられない旅だった。

じゃあ、自分はそこから何を学んだだろう。

それが、どうもよく分からない。

忘れられない人がいて、忘れられない場面もあるのに、経験を通じて賢くなったような気がしないのだ。

〈自分の国以外のことを知ると考え方が広く深くなる。ＧｅＫＯＥＳでの経験はとても役立っている〉

〈これまで、遠い世界だった国や地域を身近に感じるようになった。また、コンピュータのプログラミングでの有名人と知り合い、刺激を受けた〉

ハッサンとローハンがそれぞれ書いていた。

〈経験を通じて、様々な分野にリーダーが必要なことが分かった。リーダーは、たくさんの意見を聞き、総合的に判断するとても重たい仕事。五人の仲間でも、ごく自然にリーダーシップを取れる人がいて尊敬《リスペクト》している〉と書いたのはペネロペ。

みんな、ＧｅＫＯＥＳでの経験で、いろいろ感じたり考えたりしているんだ。リョウだって、それは同じで、ただ、言葉にしようとすると、ひとことでは言えなくて、困ってしまうのだ。

ノートパソコンに思いついたことを片っ端から打ち……でも、まとまった考えにはならなかった。

結局、一行も書けなかったのはリョウ……そして、ナオミ！

いや、ナオミの場合、書けなかったというより、書かなかったのだと思う。だって、腕を組んだり、頬づえをついたりして、全然、別のことを考えているみたいだったから。そして、最後にこう言ったのだ。

「疑問がある。どうしてユニット・ブルーは四月に始まったんだ？　サイエンスフェアの時に昔ＧｅＫＯＥＳの活動をしていたっていう高校生に会ったんだが、活動は九月からだったと言っていた。それ、アメリカの新学期だ。ＧｅＫＯＥＳの本部はアメリカだし。なのに、なんで、あたしたちは四月始まりだったんだ。ハッサンやローハンの新学期は、四月じゃないよな」

「違うよ」とハッサンとローハンが首を横に振った。

リョウはそんなこと考えたことがなかったから、びっくりしてナオミを見た。

「それなら、たぶん、わたしが知っている」とペネロペが割り込んだ。

「理由は単純。ユニット・ブルーには、日本人が多いから。世界の中学生って始業の時期はいろいろだし、ＧｅＫＯＥＳの募集の時期って何回かに分けているの。ハッサンとローハンの国では、春と秋に募集があるんじゃない？」

「よく知っているよな」ナオミがなぜか鋭い口調で聞いた。

「わたし、いろいろな人と話すから。事情をよく知っている二周目、三周目の友だちもいるし。今のユニット・ブルーの場合、予定されていた日本人の参加者が、ある事情で参加できなくなって、だから、代わりを探すことになったって話も聞いた」

「ナオ!」

思わず、リョウは大声を出した。台所で、明日の料理の下拵えをしていたおばさんの手が止まった。

「参加できなくなったって子、きっと、ぼくのいとこだよ。ぼくと一緒に応募したんだ。ぼくなんかより、ずっと優秀で、だからぼくはずっとナオの代わりに呼ばれたのだと思ってた」

ナオミが鋭い目でこちらを見た。

「はじめて会った時、おまえ、あたしの名前、知ってたよな。というか、ナオミじゃなくて、ナオって呼んだよな」

なんでそんなに細かいこと覚えているんだろうと思い、そういえば、ユニット・ブルーのみんなの前で、ナオの話をするのははじめてだった、と気づいた。


おばさんが、大きなアクセサリーボックスを開けると、学習用のロボット「ピース」が出てきた。

「あの日から触ってないから、何も変わっていないはずよ。辛くなるから、もう寝るね」と言って、おばさんは寝室に引っ込んでしまった。

ピースは、ＧｅＫＯＥＳが飛び入りで参加したロボットの国際大会でも使われていた学習用ロボットだ。ただし、古い型なので、できることは限られている。もともとナオのものだったけれど、いつの間にかリョウも一緒に使うようになって、様々なプログラムをして遊んだ。

そして、ナオが亡くなった時、たまたま吹き込んであった「ロボットマーチ」という曲を使って、葬儀の最中に鳴らした。ナオが作曲した調子外れのマーチで、歌詞までついていた。

〈セカイにヘイワを、テロハンタイ、メグマレナイコドモにアイノテを！〉

ＧｅＫＯＥＳの仲間の前で、陽気な歌声を再生すると、リョウはうっすら目に涙が浮かんだ。

「ロボット大会の時に使ったやつだよな。ボーカルが入ったこのバージョンの方が気に入った」とナオミが言った。

「弾けるかな。やってみる」とペネロペは電子ピアノの電源を入れて、鍵盤を叩き始めた。

雰囲気は違う。ナオが弾いたのよりも、優しくていねいだった。サビで「セカイにヘイワを、テロハンタイ、メグマレナイコドモにアイノテを！」とペネロペがうたった。たった一回聴いただけで、「外国語」をコピーできてしまうのだから、ペネロペは本当に大したものだ。

「ナオって、すごかったんだね。こんな曲、わたしには作れないし、あんなふうには弾けない」とペネロペ。

「どういう子だったんだよ。すごく興味ある。あたしに、似てたんだよな。実は、きのう、おばさんに言われたんだ。亡くなった娘にそっくりだって」

リョウはゆっくり話し始めた。

ナオは、同い年のいとこで、きょうだいみたいに育った。痩せて、のっぽで、髪が短くて、その頃はまだ六年生だったし、自分のことを「オレ」と言ったから、初対面の人は「女の子みたいにかわいい男の子」と思うこともあった。日本語の一人称にいろいろあることは、ペネロペがハッサンとローハンに説明してくれた。

「小さい頃から体が弱かったから、病院通いをしょっちゅうしてて、将来は医者になるつもりだった。GeKOESへ応募したあと、心臓の手術をして元気になるはずだったのに、帰ってこなかった。だから、ぼくだけが、中学生になって、GeKOESに呼ばれた」

話し終わると、しばらくは場がしーんとしていた。

「ナオって子、あたしとどんなところが似てたんだ?」とナオミが聞いた。

「うーん、顔つきとか、雰囲気とか、ちょっと荒っぽいしゃべり方をするところとか。でも、今は似てると思わないよ。ナオミの方がちょっと強引かな」

みんなくすっと笑った。それが爆笑にならなかったのは、やはり亡くなった同い年の子のことを話しているからだ。

「あたし、その子のことを知りたい。それが今回の研修の目的のうちだろ。じゃないと、わざわざここに呼ばれた意味が分からない。よりによって、その家にあたしたちはステイしているんだから」

ナオミが言うと、みんながうなずいた。

翌日は祝日だった。おじさんとおばさんが連れだって、あちこち連れ回してくれた。ナオとリョウが小さい頃によく遊んだ川沿いの湧水池。ここではオタマジャクシを捕まえたり、ヤゴを捕って羽化させたりしたっけ。

ナオが何度も入院し、最後の手術を受けた小児病院にも行った。主治医が休職して、そこにいないことはリョウだけが知っていた。それでも、プレイルームを訪ねると、一年前にも入院していた子が何人か残っていて、リョウのことを「ロボット兄ちゃん」と覚えていた。いなくなった子はほとんど退院できたのだと思うけど、ナオと同じように帰ってこられない旅に出てしまった子もいるだろう。

午後は、昨晩メールをして連絡を取ったタキジさんが合流した。そして、おじさんとおばさんから、引き継いでもらい、タキジさんの車で都心を抜けた。

タキジさんは、怪しいおじさんだと周囲からは見られているけれど、実は優秀な鉱物採集家だ。リョウとナオは小学四年生の頃、時々、近くの山に連れていってもらった。バラ輝石というきれいな準宝石が採れる洞窟に入ったり、金鉱と間違える人がいるくらい鮮やかに光る黄鉄鉱を探したり、滅多に見つからないけど宝石にもなるザクロ石を探したりした。時にはアンモナイトの化石や、もっと欲張って、一千万年以上前に生きていた大きな哺乳類、パレオパラドキシアの化石を見つけようとした。

タキジさんとリョウがみんなを案内しようと決めたのは、バラ輝石が採れる洞窟だった。なぜって、ここは小学四年生の時に、はじめて、タキジさんと訪ねた場所だったから。その時にナオが見つけたバラ輝石は、今もリョウのお守りとしてペンダントヘッドになっている。

「うひょーっ！　これってミイフの洞窟みたいじゃねえ？」と言ったのはハッサンだ。

真っ暗な坑道をヘッドランプをつけて歩いていると、たしかに、P国の洞窟で感じたように、地球の中心まで続いているみたいだった。

「マンガンを掘っていた縦穴があるから気をつけて」と言ったあと、「おーい」とリョウは叫んでみた。

すると、ハッサンとローハンとペネロペも三人ほとんど同時に、大声で奥の方に呼びかけた。ナオミだけが、P国のミイラの洞窟を知らないから、わけが分からないみたいだった。考え事をしているみたいにも見えた。

洞窟の中にいたのはそれほど長い間ではなくて、すぐに都内に引き返した。というのも、ナオの小学校で担任の先生が、休日だというのにわざわざ出てきてくれたからだ。先生は、本当に懐かしそうに眼を細めて、昔のことを話してくれた。ナオは、普段はそれほど目立つ方ではなかったけれど、芯が強く、何かもめごとがあると自然とナオの意見が重視された。女子男子、わけへだてなく仲良くて、体育の時は激しい運動ができないので、グラウンドから声援を送っていた……。先生にとっても、忘れられない教え子の一人だと言った。そういうことを話してくれながら、時々、ちらりとナオミに視線を送っていた。先生もナオと似ていると思ったのだろう。

おじさんとおばさんの家に帰り着いて、今度は鍋物の夕食をつついた。これは、寒がりだったナオの好物だった。みんなの口にも合ったようで、どんどん箸やフォークが伸びて、具や汁がみるみるなくなっていった。おばさんは、すごく満足そうだった。

そして、その後で、ＧｅＫＯＥＳのミーティング。

「結局、あたしは、身代わりだったんだな」とナオミが言った。

「きょう、あちこちめぐってみてよく分かった。ＧｅＫＯＥＳは男女や地域のバランスを考えて選考するんだろう。日本の女子が、一人いなくなったから、あたしが、代わりになったんだ」

ナオミは、洞窟の中でもそんなことを考えていたのかなあと思った。でも、間違いだ。

「いや、代わりはぼくだよ」とリョウは言った。

本当なら世界中から優秀な子が集まるところに行ける資格などなかった。ナオに誘われて、作文までいろいろ面倒見てもらって、背伸びして申し込んだのだ。ナオが行けなくなって、代役が必要で、お情けで合格になったのは間違いない。

そんなことを説明して、リョウはナオミの目をじっと見た。

「二人とも間違っているのよ」と言ったのは、ペネロペだった。

「だって、もともと、ユニット・ブルーに選ばれていた日本のメンバーは三人で、リョウもナオミも代役じゃない。ナオが来られなくなって、代わりに入ったのは、別の人」

ペネロペは後半の一文をなぜか日本語で言った。ほかのメンバーには聞かれないように？

それとも、リョウが間違いなく理解できるように？

そして、そのまま日本語で続けた。

「代役で、ユニット・ブルーに入ったのは、わたしなの」

最初は言っていることが分からなかった。ペネロペは、同じ意味のことを英語でゆっくり繰り返した。

「リョウも、ナオミも、最初からここにいるはずの人で、わたしが代役なのよ」

「なんでそんなことを知っているの」とリョウは聞いた。

ペネロペは事情通で、時々、驚かされてきたけれど、今回は度を越していた。

「だって、選ばれる時にそう聞かされたから。ナオの応募書類を見せてくれて、この子の代わりに入るつもりはあるか聞かれたから。ごめんね、黙ってて」

ペネロペはリョウを見ながらうなずきかけた。

だから、だったのか……。ペネロペがナオの名前まで知っていた理由。ナオミが知ったのとはまったく違うルートだったんだ。

ほんの少し間があいた。誰もが次に何を言えばいいのか分からないふうだった。

沈黙を破ったのは、ローハンだった。

「事情は分かったよ。研修先で、リョウもナオも時々、遠くを見ているみたいに感じたのは、そのせいだったんだね」

そして、ハッサンが明るい口調で続けた。

「そうだとしても、おれたちには、今、やらなきゃならないことがあるよな」

「そうね、サクセッションよね」ペネロペがすぐに反応した。

「つまり、来期のユニット・ブルーをどうするか。わたし、アメリカの本部で直接選ばれているから、こういう時、頼まれたりするわけ。ユニット・ブルーに新しく入るかもしれない候補のリストも、実はわたしが持っているの——」


テーブルの上には、十人ほどの顔写真とプロフィールが合わさったファイルが開かれている。

だいたいみんな知っている顔だった。ロボット国際大会で会った子や、サイエンスフェアで会った子もいる。

ペネロペが順序立てて説明した。

「これまでの研修で学んだものをまとめるように言われたでしょう。自分のためになったかどうか考えるようにって。来期も参加したいと思えばそうすればいいし、そうじゃなければお休みすればいい。お休みする場合は、自分の代わりの人を指名することができる。ファイルにある子は、ぜんぶ、去年、ユニット・ブルーの誰かと会った子で、本人も参加を希望しているんだって」

しばらく、テーブルの上をみんなが眺めつつ無言だった。

「おれは、次もやるよ」と最初に言ったのは、ハッサンだった。「親からそう言われてるし、おれも気に入ってるし、何より、世界が広がったんだ。おれはまたやる」

「ぼくも」とローハンが続いた。「いろんな人と知り合いになれた。ぼくはもっといろいろなことが知りたいんだ」

二人が言い終えると、またしばらく沈黙が続いた。

リョウはさっきから、ファイルの写真を見ていた。そのうちの二人がどうしても気になっていた。

一人は、サイエンスフェアで会ったネイティヴ・アメリカンの子、ユリスだ。自分よりも年下なのに、生まれた貧しい町を自力で変えようとしていた。リョウなんかとは志のレベルが違う。

もう一人は、最初の方の研修で出会った女の子だ。こんもりした丘の上にある粗末なロングハウスまで、毎朝水を運んでいた少女。いつも笑っている明るい子で、すごく賢そうだったけれど、ＧｅＫＯＥＳに応募していたんだ！

リョウは二人の顔写真を見たとたんに、もう気持ちが決まっていた。ただ、問題はどちらか、ということなのだ。

「あたしは、来期はやらない」とナオミが言った。「エリスに入ってもらいたいんだ。あの子に比べたら、あたしなんかただのガリ勉だ」

「だめっ！」とリョウはすぐさま言った。

「ナオミはまだやり残したことがあるよ。だって、研修休んだじゃない。だから、やめるのはぼくだ。ぼくは相応《ふさわ》しくないというより、ＧｅＫＯＥＳが目指すリーダーになる人とはちょっと違うと思うんだ。それに……学校の成績もこのままじゃ、かなり問題なんだよね……」

そろそろ真面目に勉強しなきゃ、とリョウは思っている。リョウの今の成績は、「将来医学部を目指しているとは思えない！」と言われるほど悪い。

「二人とも、やめる必要ないのよ。先に決まっていることがある。実は、わたし、来期は参加できないの。イギリスの全寮制の学校に留学することに決めているから。留学するのに、ＧｅＫＯＥＳに参加するのって、ちょっと無理があるでしょう」

ペネロペは落ち着き払い、微笑みながら続けた。

「わたしがいなくなって空いた席にはエリスを指名する。だから、リョウもナオミも、自分の好きなようにするといいよ」

「留学って……」ナオミは言葉を句切り、そのまま黙り込んだ。

ナオミは、エリスに譲るために次はやめると言い出したのだから、これで理由がなくなったはず。

「じゃあ、ナオミはやめないよね。ナオミには……続けてほしいんだ」とリョウは念をおした。

ナオミはリョウをじっと見て、ちょっと考えたあと言った。

「ああ、そうだな。エリスと一緒にいろいろやってみたい気はするな」

リョウはほっと胸をなで下ろした。

これで、ちゃんと言える。

はあっ、と息を吸って、吐いて、もう一度吸った。そして、ゆっくり言葉を吐き出した。

「ぼくは留学するわけじゃないけど、やっぱりやめる」

発音が悪くてもなんとか通じる英語だ。

「ぼくは、この一年で、もう充分すぎるくらいＧｅＫＯＥＳに宿題をもらった気がするし、普通に中学校で勉強したいし。それに、ぼくは、この子に来てほしい」

ファイルの中の写真をひょいとつまみ上げた。

水を運ぶ女の子たちの一人。名前はアルファベットで書いてあったけれど、複雑でどう発音すればいいのか分からなかった。

「ずっと、気になっていたんだ。あの子たちは今どうしてるだろうって。でも、こうやって応募したのなら、ぜったいに来てほしいよ」

ナオミが、あっ、というふうに口を丸くした。きっと、気づいていなかったのだと思う。その子は、たまたまリョウが割り振られた部屋にいた子だったのだ。

「じゃあ、これで決まりね」とペネロペが言い切った。

ナオミはまだ何か言いたそうにしていたけれど、観念したみたいに口を閉じた。


飛行機を見送るために、リョウとナオミは空港ビルの最上階の展望デッキにいた。

おじさんは仕事で、搭乗手続きの面倒を見たらすぐに空港を出なければならなかったので、二人きりだ。

リョウはあまり航空会社には詳しくなくて、誰がどの飛行機に乗っているのかは分からなかった。ただ、もうすぐ、離陸することは間違いなかった。ペネロペは北米へ、ハッサンとローハンは東南アジア経由でそれぞれの国へ。

冷たい風が吹きつける中、いくつも飛行機が飛び立ったり着陸したりするのを見た。

この一年、何度も飛行機に乗って、あちこち訪ねたことが、リョウにはもうすぐ前のことに思えた。

小一時間くらい経ち、そろそろ帰ろうと声を掛けようとしたら、ナオミは唇を噛みしめてこっちを見た。

「身代わりじゃなかった。でも、やっぱり身代わりだった」とわけの分からないことを言った。

「ナオミのこと、最初はナオじゃないかと思ったくらいだった」とリョウは返した。

「でも、すぐに全然違うと分かってきた。ナオはナオだし、ナオミはナオミなんだ。名前が似ているのは困ったけど、違う人だ……ただ知れば知るほど、すごく似ていることがひとつだけあると分かったよ」

ナオミは目を細め、補聴器がついた方の耳をリョウに向けた。

「本当に二人が知り合えば、どうなっていたかなあって思う。すごく仲良くなったかもしれないし、ライバルみたいになったかもしれない。それは大切なところが似てるから」

ゴーッとすごい音を立てて、飛行機が飛び立った。それで、しばらくリョウは口を閉じた。

「大切なところ？」とナオミ。

「二人とも、人の役に立ちたいと思っている。小さい頃、体が弱かったり、耳が悪かったりして、人の世話になったからかもね。理由はなんでも、ぼくがびっくりするくらい、強くそう思っている。だから、ＧｅＫＯＥＳの活動でいろいろ学べることが多いと思う――」

リョウはポケットの中から小さな石を取り出した。

洞窟の中で採れたバラ輝石のペンダントヘッドだった。

「これを……預けてもいいかな。ナオミが持っていてくれると、きっとナオも喜ぶ」

ナオミは目を見開いて、リョウを見た。とても強い視線だった。

「受け取れないな。おまえのいとこの夢を継ぐのは、おまえなんだろう」

あからさまに拒否されて、リョウはペンダントヘッドをポケットの中に戻した。

帰りのモノレールからは、空港脇で東京湾に注ぐ川が見えた。流れているのか流れていないのか分からないほどゆったりしていて、水面は上下に揺れているだけに思えた。それでも、海のうねりとぶつかって白波を立て、やっぱり流れているんだ。

窓際に立って川面を背にしながら、ナオミがぼそりと言った。

「ペンダントヘッドは、さすがに大事すぎて、荷が重い。でも、別のはないのか」

リョウはにっこり笑った。

「そう言うんじゃないかと思った。これ、持っていてよ」

再びポケットから取り出したバラ輝石は、ペンダントヘッドにしたものより少し小さいけれど、同じくらいきれいで、つややかに光っていた。これもナオと一緒に見つけたものだ。

ナオミは、小さなバラ輝石をぎゅっと握りしめた。

「本当は、誰かの代わりかどうかなんて、どうだっていいはずだよな。でも、あたしは役立ちたいと思うだけで自信がなかった。研修に行かなかった時、あたしが勉強ばかりしてたのは言っただろ。たしかに成績は、無意味なくらい上がった。でも、自分に何ができるのか、何がしたいのかはやっぱり分からないままだった。また研修に行こうか迷っていたら、アフリカからメールしてくれたよな。あれは、うれしかった」

ナオミははにかんだ笑顔を浮かべた。そして続けた。

「結局、あたしがこの一年で学んだのは、世界にはわけが分かんないくらいいろんな人がいて、知らないことがいっぱいあるってことだ。だから、勉強しなきゃいけないし、ＧｅＫＯＥＳの二周目もやるべきなんだと思った。でも、今、目標を持っているリョウには負ける。ま、いずれ追いつくけどな」

買いかぶりだと、リョウは思った。本当にまだ、リョウはナオの医者になるという夢に乗っかっているだけなのだ。

けれど、反論はしなかった。きっとすごい勢いで、ナオミがもう一度反論してくるに決まっているから。それより、ひとつ伝えたいことがあった。

「ナオが尊敬していたお医者さんが言ってた。人の役に立つには、二つの立場があるんだって。例えば、お医者さんだったら、まず、怪我したり病気したりした患者さんを一人ひとり見ること。もう一つは、医療の仕組みとかを考えて、できるだけたくさんの人が幸せになれる方法を考えること」

あとの方は、リーダーと呼ばれるらしいよ。そこまで言おうかと迷ってやめた。ちょうど、車内アナウンスが、乗り換えの駅だと告げていた。

ペネロペとハッサンとローハンは、今、空を飛びどんどん遠くへ向かっている。リョウとナオは、列車を乗り換え、さらに何駅か先にあるターミナルまでは一緒だ。

そして、その先は……。

明日へ続く。

ふいに頭に浮かんだフレーズをリョウは口ずさんだ。

地球の心臓

小学四年生のナオは、最低、週に一度、いとこのリョウの家に遊びに行く。

だらだらと続く坂道を上って、今度は上った分をすべて下りきらなければならないから、体の弱いナオにとっては、結構きつい。それなのに、週末や長期休暇になると、つい、坂道を越えて、隣町のいとこの家に遊びに行きたくなるのだ。

理由は――いろいろあるけれど、とりあえずのところ、おばさんが焼いてくれるプリンが異常なまでにおいしいからだ、ということにしてある。

夏休み初日、ナオは午前中に宿題を済ませると、昼ご飯をすぐに食べ、自転車に飛び乗った。リョウが塾で昼間いないのは分かっている。でも、おばさんが大学時代にバンドで使っていたという本格的なロック用の古いエレピを弾かせてもらったり、リョウが持っている少年コミックを読んだりしていれば飽きない。

その日もおばさんは笑顔でナオを迎え入れてくれて、三時前になると冷やしてあるプリンを出してくれた。これが、口の中でふわふわした甘みが広がってとってもとっても幸せな味。おばさんは、太るからと言ってお茶だけを飲んでいるけれど、これを自分で作って食べないなんてどうかしてる。

でも、幸せな時間は続かない。

「ナオちゃん、いつも気になってるんだけど……自転車に乗るのは大丈夫なの？　結局、受験は？」

おばさんがおずおずと言った瞬間、口の中のプリンの幸せな甘さがすーっと消えた。

ナオはごにょごにょと言葉を濁してから、「散歩してくる」と家を出た。

本当に大人って、どうしてそういう話題しか思いつかないんだろう。昨晩も、ベッドに入ってから、居間でパパとママが言い争うのを聞いた。ジュケンがどうの、ナオの体調がどうの。そんなの聞きたくないのに、聞こえてくるから仕方ない。リョウの家まで逃げて来たつもりが、しっかり同じ話題が追いかけてくるなんて。

外は、頭のてっぺんから融けてしまいそうな暑さ。どこに行くあてもなくて、そういえばきょうあたりタキジさんが来ているんじゃないかと思い立ち、すぐ近所にある中学校まで歩いた。そして校門のすぐ隣にある大きな樫の木の陰に入った。

やっぱり！　とナオはうれしくなった。

木陰に散乱している、様々な石の破片。

薄ピンクというか、少し紫がかった赤っぽい色で、表面はざらついているけれど、そのざらざら自体が小さな光の粒みたいだ。なんだか、夕暮れの切ない気分を思い出す。

しばらくすると、「よ、ボウズ、久しぶり」と声がした。

タキジさんは、汗っかきの大男だ。頭ははげ上がり、金縁眼鏡で、口には金歯。夏の間はいつもランニングシャツ一枚で、腰に大きなハンマーをぶらさげている。

去年の夏だったか、たまたまこの場所で涼んでいる時、タキジさんは手にハンマーを持って現れた。怯えたナオは、近づいてきたタキジさんに、いきなり跳び蹴りを食らわせた。

タキジさんは動じもせずに、「ボウズ、乱暴はよくねえな」と笑ったのだった。その時の金歯のギラギラした光り方を、ナオはしっかり覚えている。

タキジさんは地元の鉱物採集家だと自己紹介した。

コウブツサイシュウカ。つまり、いろいろな種類の石ころをあちこちから探してくる。この中学校の卒業生でもあって、よく理科の先生から標本になる石を探してほしいと頼まれるという。

それ以来、ナオは時々、中学校の校庭でタキジさんと会ってきた。

そして、白くて透明なアイシングを振りかけたような石灰岩や、飴色の琥珀や、黒いダイヤのような石炭や、鉛色だけどきらきら輝く輝水鉛鉱などを見せてもらった。

「タキジさん、この石、はじめて見る。なんてやつ？」ナオは、赤い石を指さした。

「ん？　バラ輝石。わりと近くの元マンガン鉱山で手に入る」タキジさんは、地面に転がっている破片をぽんと手のひらに載せた。

赤い断面が光り、ノオの心臓がドクンと音を立てた。

なんだか、無性に気になって、「ねえ、これ、掘りに行きたい！」とナオは頼んだ。これまでにも一緒に鉱物採集に行ってみたいと思ったことはあるけれど、本当に口に出したのはこれがはじめてだった。

「ん、別にいいけど」タキジさんは金歯を光らせて笑った。

二週間後、リョウの家で昼食をごちそうになり、リョウと一緒にタキジさんの車に乗せてもらって出発した。

「そんなんだから、男の子みたいって言われるんだよ」と後ろの席で隣り合っているリョウが言った。タキジさんと出会った時、跳び蹴りをかました話をしたからだ。

リョウは塾が休みでヒマそうにしているのを連れてきた。すごく理科好きだから、時間さえあれば絶対に来たがると思っていたし、実際そうだった。

「ほんと、ナオって男前すぎって、かあさんも言ってる」

「オレ、オトコオンナでかまわない」

ナオは、自分のことをわざとオレと言った。そして、今度は運転席でハンドルを握っているタキジさんに向かって大きな声を出した。

「ねえ、タキジさん、オレたち、校庭でガチンコで戦ったから、仲良くなれたんだよね」

運転席のタキジさんは、ガハハと大きな声を出して笑った。

「何言ってんだ。てめえが一方的に蹴り入れてきたんだろうが。あれは空手か」

「いや、うちは代々、少林寺」とナオは適当に答えた。

そんなふうにバカな話をしながら、目指しているのはこの前見せてもらったバラ輝石の産地だ。バラ色に輝く石みたいな意味だろうけど、ナオの耳には「奇跡のバラ」みたいに響いた。

あの日、タキジさんは午前中に採集した採れたてのものを理科の先生に見せに来たのだった。校庭でハンマーを持っていたのは、黒い石を叩き割ってきれいな断面を出すため。

「できるだけ割れたての断面を見てほしいんだよな」

というのはタキジさんがいつも言っていることで、リョウに説明するのもあって車の中でも力説した。

「割って時間が経つと色とか変わっちゃうんだよ。みんな、そんなことないっつうんだけど、おれは割った瞬間が最高だと思う」

空気に触れると色が変わってしまうというのは、つまり錆びるってことなんじゃないだろうかとナオは思っている。自宅には銀の食器があるけれど、ママがしょっちゅう磨かないと、すぐにくすんでしまう。

「こういうのは、男のロマンだからなあ。何億年も眠っていたものと出会う瞬間が最高ってのももちろんある」

タキジさんはいまだにナオを男だと思っているのだった。時々、「わたし、女ですけど」と言いたくなるけど、ナオは髪も短いし服も男の子っぽいものばかりだから間違えられても文句は言えない。だから勝手にジンルイのロマンだと考えることにしている。

タキジさんと出かけることは、おばさん、つまり、リョウのかあさんには伝えた。家まで迎えに来た時に挨拶してもらったのだけれど、それは逆効果だったかもしれない。おばさんは、タキジさんを見るなり、顔をしかめた。それは、分かる。なぜって、タキジさんはかなーり怪しい人に見えるから。

ルックスそのものも問題ありだし、金縁眼鏡や金歯もセンスがない。でも、これについてはタキジさんにも譲れないこだわりがあって、「地面を掘り起こして見つかる石ころの中で、一番すげえものなんだから」だそうだ。

はじめて聞いた時、あ、そうかと思った。それまで「金」という石ころが、地面を掘って出てくるものだなんて考えたこともなかった。

タキジさんは、別の意味でも怪しげだ。とっくに四十歳は超えているのに、結婚していないし、会社にも勤めていない。「鉱物採集だけではメシは食えないんで、警備のアルバイトもやってます」って、おばさんの前で悪びれもせずに言った。

おばさんは、あっけにとられてしばし呆然としてから、「ナオちゃん、大丈夫なの？」と耳元でささやいた。ナオは、大丈夫、大丈夫と請け合って出てきた。

とにかくタキジさんは、コウブツというのが大好きで、もっと言うと、地面の中から出てくるものなら石だろうが金属だろうが骨だろうが好き。そういう人。もちろん、骨というのは化石のことだから、なま臭い話ではない。とにかく好きなことをやりながら、人になんと言われようと楽しく暮らしている、自由な人なんだ。

タキジさんは校庭で会うたびに、必ずこんなことを言った。

「我々は、地球で生まれたセイメイだ。しかし、地球が生み出したのは我々だけではない。鉱物を見よ！　この地球の中でもっとも美しい輝き。それが、人の目に触れずに眠っている！　数十億年のロマンなのだ」

力をこめるあまり、金歯の口元から唾が飛び、顔からしたたり落ちる汗がまるで雨みたいに降り注ぎ、校庭に濡れた跡を残した。キモッ、とクラスの女子なら言うだろう。でも、ナオには、大人になっても子どもみたいに話すタキジさんがおもしろくてならなかった。

出発してから、ちょうど一時間。

最後の十五分は、すれ違う車もない山の中の細い道を進んで、やっと着いた。

「おい、ちゃんと上着持ってきたか」とタキジさんが言う。

こんなに暑いのにどうして上着なのか不思議だった。でも、言われたからには持ってきた。タキジさん自身も、ランニングシャツ姿のまま、手にはフリースのジャケットを持っていた。当日に誘ったリョウはタキジさんの予備のフリースを借りた。

車から出てしばらくは、黙々と林の中の道を歩いた。林全体が山の陰になっているとはいえ、やはり夏だからすぐにじっとりと汗ばんだ。タキジさんだけは玉の汗。

林が途切れて、建物の壁が見えた。その下には半円形の大きな扉があった。

へえ、こんなところにビルがあるんだ……。

そう思ったのは一瞬で、すぐにそれが人が作ったものではなく、自然のものなのだと分かった。

建物の壁に見えたのは、すごく高く平らな崖だ。半円の扉の方は、さすがに人間が作ったものらしく、つまり、トンネルの入り口だった。

危険、と書かれた看板があり、その先には針金を渡したフェンス。タキジさんはナオとリョウのために針金の隙間を広げてくれた。

ナオは素早くフェンスをくぐったけれど、リョウは立ち止まった。

「ここ、入ってもいいんですか」って、なんかすごく真剣な表情で聞いている。

そうだった。リョウってこういう時、やけに真面目なんだ。親や先生のいいつけをしっかり守るタイプ。ナオは、タキジさんが言う「男のロマン」、ナオにしてみれば「ジンルイのロマン」のためには、これくらいなんてことないと思うけど。

タキジさんは、一瞬、困った顔をしたけれど、ナオが「リョウ、行くぞ！」と無理矢理腕を引っ張った。リョウはしぶしぶフェンスをくぐった。

本当に、リョウは時々、面倒くさい。ナオみたいに、病気ではなくて、運動だってやり放題で、望み通りに中学受験もできるのに、いつもいい子で、自分でやるよりやらされているみたいに見える。だから、ナオはたまにイラッと来る。もっと自由にやればいいのに！　ナオなんかより、ずっと自由にできるんだから。

それでも、ナオはこの同い年のいとこのことが好きだった。なぜかといえば……小さい頃からずっと一緒だし、ナオの病気のことを分かっていて、全然、そんなこと気にしていないふうだし。

心臓に問題があって、大人になる前に手術しなきゃならないなんて、友だちにはなかなか言えない。でも、リョウは違う。すべてを知って、普通にしていてくれる。

「んじゃ、ジャケット着ろよ。中は寒いからなあ」とタキジさんが言って、同時に、どこに隠していたのかミニ電灯を二人分渡してくれた。頭にバンドで固定して使うやつだ。

トンネルの入り口に来てみると、下ろしてあるシャッターは錆びていた。一部、めくれ上がったところがあり、そこからタキジさんはひょいと中に入った。

リョウが躊躇するのは分かっていたので、ナオはまたも腕を引っ張った。

トンネルに入った瞬間に真っ暗になり、とたんにひんやりした空気。

外はしっかりと夏なのに、エアコンをどんなにきかせても無理！　ってほど冷たい。

地下水がしみ出ていて、歩くたびに水たまりから跳ねがあがった。

「足下気をつけろよー、縦穴もあるからなあ」とタキジさんはさりげなく言う。

「それって、落とし穴があるってこと？」と素早く聞き返したのはリョウだ。

たしかに、こんな暗いところで穴があったら、まさに落とし穴！

「ああ、そういうことだ」とタキジさんはガハハと笑った。

ナオは、はじめて、このままついて行ったら危ないいんじゃないだろうかと不安になった。

だから、うつむいて足下を照らしながら、歩いた。

「昔、マンガンを掘ってたんだよな。マンガンって知ってるか？　乾電池によく使われていたし、身の回りにいっぱいあるんだけど、まあ、小四じゃまだ習わねえかな。ま、いいや。この山は小さいけど、一時、たくさんマンガンを掘っていた時期があって……結局、海外から買う方が安いからやめちゃったわけだが……」

とかなんとか、タキジさんがいろいろ説明してくれるのを聞きつつ、どんどん不安になっていた。

やっぱり、暗くて狭いところって怖い！　おまけに落とし穴があるかもしれないなんて！

暗闇の中でどこからともなく聞こえてくる風みたいな音がするたびに、ドキッとして胸に手をぎゅうっと押し当てた。そうすると自分の心臓がちゃんと動いているのが分かってほっとした。でも、また次の瞬間には何かの物音で、ドキッとしているのである。

自然とリョウが前を歩いていた。ナオはリョウのぶかぶかのフリースの裾をつかみ、もう一つの手はずっと胸に置いたままだった。リョウって、こんな時、なんか鈍感。地面の底にどんどん降りていくみたいなのに、怖くないんだろうか。

「さあ、ここ」とタキジさんが言った。

そして、フリースのポケットから、大きめの懐中電灯を取り出した。

とたんに周囲のコンクリートで固められた壁だとか、地面を這っている線路だとかが目の中に飛び込んできた。

なんだかほっとする。どれほど暗くても、ここも人間が作った場所なのだと分かるから。

タキジさんが、懐中電灯の光でぐるりと円を描いた。

それで、ナオはやっと気づいた。

トンネルはすぐそこでおしまいなのだ。

コンクリートの壁もおしまいで、線路もおしまい。そこから先は、ぽっかりとあいた暗闇。

吸い込まれそうになって、ナオはリョウのフリースをもっとぎゅっと握りしめた。

もう片方の手からは、自分の心臓の頼りない鼓動が伝わってきた。

自分で来たがったくせに、なんか気持ちが後ろ向きになる。あーあ、なんで、こんなとこに来ちゃったんだろう。ナオは、暗いところとか、狭いところが苦手なのだ。

「よく聞いてみな」と言ったのは、タキジさん。

「この縦穴は、地球の中心まで続いている。ここに来ると、いつも地球のハートの音を聞いてる気がするんだな」

「地球のハート……」ナオは言葉を繰り返した。

タキジさんの言葉が、ずしんとお腹に響いた。後ろ向きの気持ちを吹き飛ばすほど。

ハートって、心臓のこと。

地球の心臓。

胸に強くこぶしを押し当てて、目を閉じる。自分の鼓動と、風の音。

地球の奥底から吹き上がってくる風！

じっとしていると、とてもゆっくりしたリズムがあるのが分かる。

フリースの上着がなかったら凍えるんじゃないかって思うくらい強く冷たくなったかと思うと、ふいにやんで、今度は自分の息づかいも心臓の音も聞こえてくるくらいに静まりかえる。そして、またゆっくりと次の風が吹き上がってくる。

地球も生きている！

そして、みんな生きている！　ナオも、リョウも、タキジさんも！

なんだかうれしくなって、こぶしに感じる自分の鼓動もずっと力強く思えて、このまましばらく地球のハートを感じていたいと願った。

それも、タキジさんの「じゃあ、採集開始ー」という掛け声で終わってしまったのだけれど。


トンネルから出た時、最初に驚いたのは、空気がねっとりしていることと、信じられないほど暑いこと。

そして、強烈な太陽光線！　いつの間にか、太陽がこっちに回り込んできていて、岩の壁をじりじり焼いていた。こんなにも強い熱で焼かれるから、まるで舌を出してハアハア言う犬みたいに、地球も奥底から冷たい空気を吐き出しているんだろうか。

ナオは、トンネルの中から運んできたずっしりと重たい黒い石を、地面にごろんと転がした。

タキジさんが地球の中心まで続いていると言った穴の近くにたくさんこういうのがあって、ナオは自分が運べるぎりぎりの大きさのものを持ってきた。

「黒っぽくて、ぱっとしないだろ」と言うタキジさんは、もうフリースを脱いでランニング姿になっている。足下の木箱には、タキジさんが運んできた大小取り混ぜたたくさんの石があった。たぶん、重さでいって、ナオの十倍分運んだんじゃないだろうか。だてに体格がいいわけじゃない。

「ひとつひとつ割っていく。何億年もおれたちを待っていたのを今から白日のもとに晒すんだぜい」

鈍い音とともに、黒い石が割れた。ざらっとした灰色の面が見えた。よくよく見ると少しだけ赤みがある。

「これははずれ」とタキジさん。「こればっかりは、割ってみないと分かんねえから」

ナオもハンマーを使わせてもらったけれど、ガチッと大きな音がしただけで、石は割れなかった。これは、大人に任せておいた方がよさそう。もっとも、少し離れたところでリョウが、別の小さなハンマーで夢中で石を叩いていた。それも何度かやるうちに割れるものもあるからすごい。目がきらきらしてて、完全に自分の世界に入っちゃったかんじ。

やっぱり、体の問題かなあ、と寂しく思う。

「体が弱いって、言ってただろ」

と声がして、ナオはタキジさんの方に向き直った。

いつだったか、中学校の校庭で、タキジさんにそのことを話したことがあったっけ。もちろん、詳しくじゃないけど、もっと自由に遊べたらいいのになあ……とか。

「できないことがいっぱいあるって、辛いこともあるかもしんないけど、悪いことじゃねえな」

タキジさんは、淡々と石を割りながら言った。

ナオは、何を言われているのかよく分からなくて、上下するハンマーに視線をうつした。割れた石の断面は、相変わらずぱっとしないものばかりだ。

「だからさ、おれなんてできないことばかりでさ。勉強できない、運動神経悪い、女の子にはモテない。でも、こうやって石割ってれば、いつも楽しいもんな。おれ、なんでもできるような奴だったら、こういうのに出会ってねえと思うな。やりたいことと出会うのって、難しいからな――」

あ、とナオは心の中で声をあげた。

それ、分かる！　ナオはまだ小学四年生で、将来のことをまだ深くは考えていない。

でも、自分みたいに体に弱いところを持って生まれてくる子のために、お医者さんになれたら素敵だろうなという希望は持っている。それって、自分が自由じゃないから、今の時点でだけど、将来やりたいことを一応、見つけられたのだと思う。

そっか、タキジさんって、なんでもできる人じゃなくて、逆だったからこんなに自由に見えるんだ！

なんか、びっくりしてしまって、ナオは一瞬、ハンマーの動きから目を離した。

カンとひときわ大きな音がしたかと思うと、「ほい」とタキジさんが言った。

ハンマーの柄の部分を手渡された。

「自分で割りな。あと一発でいくだろ」

目の前には、ナオが一生懸命持ってきた大きな石があった。表面にひびが入っていて、つまり、タキジさんが叩いてくれたのだ。

ハンマーを思い切り振り下ろす。

いきなり赤い色が目に飛び込んできた。

「おおっ」とタキジさんが言った。「すげっ、これ、すげえよ。ボウズ、おまえ、すごいラッキーだよ」

ナオは、たった今、空気に触れたばかりの石の断面をただただ見つめた。なんて鮮やかなんだろう。

バラ色？　それとも夕暮れ、太陽が沈む前の空の色？

ナオには、それが、どくんどくん脈打つ、地球の心臓に見えた。

オレタチハ、チキュウノ、ハートヲミツケタゾ！

なんかすごい！　楽しいし、自由なかんじ！

ますます心臓は強く、慌ただしく脈打ち……でも、それが赤いバラ輝石ではなく、自分の胸の奥から伝わってくるものだと気づいた時、ふっと気が遠くなった。


いつもの貧血だ。そんなに心配することはない。自分でも分かっているし、リョウも知っている。慌てているタキジさんに、リョウの方が大人みたいに指示するのが聞こえた。とにかく大事を取ってすぐに家に帰ること。すごく疲れていたのか、車の中で熟睡した。

目が覚めたのは、病院。

自分のベッドではなかったから、すぐにそう思った。ああ、このままシュジュツとかされちゃうのかなあ、って。

でも、よくよく見ると、病室じゃない。本棚に並んでいるコミックや、学習机の様子で、リョウの部屋だと分かった。そうだ、もう眠たくてたまらないのを、おばさんやリョウに支えられながら、ここまで来たのだ。

学習机の上には、石が何個か置かれていて、断面をこちらに見せていた。窓から差す光の中で、きらきら光っていた。割れたての時よりは、少しくすんでしまった気がする。タキジさんが言っていたことは、本当なんだと思う。

上半身を起こしてしげしげと石を見つめていると、ノックもせずにリョウが入ってきた。まあ、自分の部屋なんだから、当たり前か。

でも、いきなり「地球のハートなんて嘘だ」なんて言うのはどうかしている。

「バラ輝石はマンガン鉱山で出てくるんだけど、そんなに深く掘ることなんてない。ネットで調べた。ていうか、地球の中心まで掘るなんて無理」

まったく、こいつ、夢ないよなあ、と思う。そんなことくらい、ナオだってとっくに気づいている。男のロマン、いや、ジンルイのロマンってやつが分かってないんじゃないかな。

「タキジさんに、かあさんが怒鳴り散らしてた」とリョウがまたぼそっと言った。

「小学生の女の子を連れ回して、立ち入り禁止の危険な鉱山跡に入り込んでどうするつもりだって。変質者だから警察を呼ぶとか。タキジさん、かわいそうなくらい頭下げてた。女の子だと思ってなかったって、言えないよね」

ナオはくくくと笑い、ベッドから足を下ろした。

本当に、オレ、オトコオンナでもかまわない。女の子だからああだこうだって言われるの、ただでさえ病気のことがあるのに、すごくうざい。

「タキジさん、謝りながら、ナオのことほめてた。あの子は才能がある。鉱物を見つける才能と、生きる才能があるって。なんかよく分かんないけど、調子合わせておいた。タキジさん、変な人だけど、ロマンがあるし、ハートがある」

ナオは思わず吹き出した。

「え？　どうしたの？」

「意外に分かってるなあって。でも、そのロマンやハートの見つけ方って知ってる？」

顔にはてなマークが貼り付いたみたいなリョウをほったらかして、ナオは学習机のバラ輝石のところまで歩いた。

ロマンとハート。

そういったものを見つけるのは、自由でなきゃならない。

でも、そのためには、不自由がないと、難しい。

もやもやしているけど、ナオはそんなふうに感じる。いつか、すっきりと分かって、もっと自由になれる日が来ると信じたい。

ナオは、机の上にある小さな赤いかけらを手のひらに載せた。

そして、胸の前でぎゅうっとこぶしを握った。

初出　児童文学総合誌「飛ぶ教室」

雪の日、ロボットマーチ　第13号（2008年4月）
森の匂い　第25号（2011年4月）
水をはこぶ女の子たち　第27号（2011年10月）
ミスター・ロボット　第28号（2012年1月）
赤土の村で　第29号（2012年4月）
洞窟の奥から聞こえる声　第30号（2012年7月）
きみに会いたい　第31号（2012年10月）
スーパーガールズ！　第32号（2013年1月）
あしたへつづく　第33号（2013年4月）
地球の心臓　第23号（2010年10月）

単行本化にあたり、加筆修正しました。
本書はフィクションであり、実在の人物、団体名などとは一切関係がありません。

川端裕人
かわばた ひろと

1964年兵庫県明石市生まれ。千葉県千葉市育ち。東京大学教養学部(科学史・科学哲学)卒。日本テレビの報道記者として、科学技術庁、気象庁などを担当、97年に退社。以後、文筆業に専念。『銀河のワールドカップ』『風のダンデライオン——銀河のワールドカップ ガールズ』(共に、集英社文庫)を原作とするテレビアニメ「銀河へキックオフ!!」が放送されるなど注目を集めている。小説に『夏のロケット』(文春文庫)、『川の名前』(ハヤカワ文庫JA)、『今ここにいるぼくらは』(集英社文庫)、『12月の夏休み』(偕成社)、『雲の王』(集英社)、『桜川ピクニック』(PHP文芸文庫)のほか、『PTA再活用論』(中公新書ラクレ)、『イルカと泳ぎ、イルカを食べる』(ちくま文庫)などノンフィクション作品も多数。絵本原作に『さんすううちゅうじん あらわる!』(講談社)もある。

リョウ&ナオ

2013年 9月 5日 初版第1刷発行
2019年 4月25日 第3刷発行

著者 川端裕人
発行者 小泉 茂
発行所 光村図書出版株式会社
〒141-8675 東京都品川区上大崎2-19-9
電話 03-3493-2111(代表)
印刷所 株式会社加藤文明社
製本所 株式会社難波製本

マークデザイン 城所 潤

ISBN978-4-89528-689-3